Sabrina Braun

Echt jetzt?!?

Mein Weg zu mir.

Lieber Leser, liebe Leserin,
lange habe ich überlegt.
Einerseits finde ich es unhöflich,
Sie zu duzen, andererseits finde ich es
unpersönlich, Dich zu siezen.

Und deswegen habe ich mich dazu entschieden,
Sie zu duzen.

Es freut mich so sehr, dass Du mein Leben in den Händen
hältst und mich auf meinem Weg begleitest.

Echt jetzt?!?
Mein Weg zu mir.

Autorin und Herausgeberin:
Sabrina Braun

Schulstraße 7
85077 Manching
Tel.: 08450 / 32 999 50

info@echtjetzt.one

Druck, Bindung und Verarbeitung:
KDP kindle direct publishing

Amazon EU S. à r. l.
5 Rue Plaetis L-2338 Luxembourg

Ungekürzte Taschenbuchausgabe

printed in Poland

ISBN: 978-3-00-061771-3

Umschlaggestaltung: Sabrina Braun
Buchcover-Foto: Ulli Scharrer
Cover-Rückseite, Fotos: Ulli Scharrer
Foto-Illustrationen Jakobsweg: Ulli Scharrer und Sabrina Braun
Fotos und Styling auf Seite 5 und 20: Fotostudio 93, Dominique Schneider, www.fotostudio93.de
Outfit/Shirt auf Seite 20: 7dresses, Irene Friesen, www.7dresses.net

Inhalt

Kapitelübersicht

Widmung

Dieses Buch ist für alle Kämpfer,

Träumer und Chaoten auf dieser Welt.

Greift nach den Sternen!

Seid mutig!

Seid wild!

Antwortet auf alle „*Warum?!?*“-Fragen

mit „*Warum nicht?!?*“!

Ich widme mein Buch „Echt jetzt?!?“

meiner *Pausen-Gang*, ohne die ich auf

dem Weg und in meinem Leben

verloren gegangen wäre.

Dieter.

Ana.

Joe.

Und meinem Ulli.

Meinem Helden.

Meinem Lebensretter.

Es war ein

Geschenk des Himmels,

dass ich Euch auf meiner Reise

auf dem Jakobsweg begegnen sollte.

Ich werde Euch immer in meinem Herzen bei

mir tragen. Egal, wohin ich gehe.

Ich werde immer meinen Rucksack auf mir

spüren, wenn ich an Euch denke.

Ich werde immer meine Schuhe an mir spüren,

wenn ich an Euch denke.

Ich werde immer an Euch denken,

wenn ich Gin trinke.

Ihr werdet immer

ein Teil von mir sein.

Echt jetzt?!?

Ja, echt jetzt!

Eure Löwin

Vorwort

„Ein Chaos...des is mei Sabrina!!!"

lautet der Lieblingssatz von *Beffi*´s Mama.

Was für ein wildes, verrücktes, trauriges, wunderschönes, lebensveränderndes, emotionales Jahr 2018.
Mit einer Achterbahnfahrt nach ganz oben und ganz unten.
Meine Highlights neben vieler Tränen, Zweifel und Rückschläge waren Mombasa, Nairobi, die Affen auf meinem Balkon, das Abklappern 1000er Möbelhäuser (DANKE Oma!),
zwei Tage Jakobsweg inkl. Aufenthalt in der Notaufnahme von Burgos und Krückenempfang am Flughafen, der Ausflug in Oma's Vergangenheit an den Schliersee,
ein Besuch im Hochseilgarten (never ever!!!),

der Entschluss, Schriftstellerin zu werden (never ever?!?), der Anfang meiner Buchumsetzung, meine erste Vorlesung, das Buchcover-Shooting, der Musikvideodreh mit einer bayerischen Band, der Auszug aus meiner Wohnung vom wilden Westen, der Einzug ins Haus in mein geliebtes Zuchering, einpacken, umpacken, auspacken, vorübergehend wo abstellen, Chaos eindämmen, ein Werbeshooting für eine renommierte Schuhmarke, glückliche Stunden mit der Familie, eine Hochzeit in den Bergen und am Chiemsee, mein 10. Jubiläum meines Fotostudios, der chaotische, aber einwandfreie Umzug nach Zuchering, der Abschied in Unsernherrn, die filmreife und oscarverdächtige Nacht auf Mallorca mit meiner Isi: *„Sabrina Braun?!? Kenn ich nicht!!!!!!"*, der Wasserwachtsball in Neuburg, unzählige Donaustrand-Abende in Ingolstadt, eine Donaufloßfahrt, die weltgrößte Fotomesse gefolgt von *„Kölle Alaaaaaf!!!"*, Liebesdramen, die

Geburt vom Babykrebs *„Pünktchen"* von meiner *Beffi*, wunderschöne Tage bei der Euromaus und im Infinitypool mit Blick auf die Berge (ICH war im Wasser!!!), München-Ausflüge, wohltuende und tränenlachende Mädelsabende, Kaffeeklatsch-Stunden, der Cut mit den *„Alles wunderbar!"*-Frauen, die dir einreden wollen, dass du unglücklich bist, weil sie sich selber nicht eingestehen können, dass in Wahrheit sie es sind.
Meine Foto-Auszeichnung,
das Interview mit dem Regionalfernsehen über meine Burnout-Erkrankung im Jahr 2015,
Weihnachten mit der Familie. Ein Hoch auf die beste Oma der Welt, die beim Spieleabend dem falschen Team half.
Was hatte 2018 noch zu bieten?
Wunderbare Foto-Kunden, privat ein bisschen Chaos hier, noch mehr Chaos da, aber IMMER an meiner Seite und in meinem Herzen: Die Liebe und den Rückhalt meiner Familie und

Freunde.

Ich wünsche Dir von Herzen ein glückliches 2019 mit viel Gesundheit!

Was mich 2019 erwartet: noch mehr Chaos!!!!!!

Ich möchte jetzt meine beste Freundin zitieren:

„Bruni, am Ende des Tages/
„at the end of the day" zählt nur das,
was unter'm Strich steht!
Auf das Leben!
Auf die Liebe!
Auf die Freundschaft!"

Wie Dir bestimmt aufgefallen ist, habe ich 2018 sehr viel erlebt. Die Weichen für dieses Leben, das ich nun in vollen Zügen genieße, habe ich selbst 2015 gestellt.

Wenn ich in meinem Leben eine Sache gelernt habe, dann diese:
Sobald das Level Deiner Verrücktheit geschätzt wird und Du gefragt wirst, ob Du spinnst und noch ganz dicht bist, spätestens dann kannst Du Dir sicher sein, Du hast alles richtig gemacht, Du hast das Leben verstanden. Herzlichen Glückwunsch!

In meinem Buch „Echt jetzt?!?"
erzähle ich Dir von den letzten drei Jahren meines Lebens, der verrücktesten Zeit, die ich je hatte, meiner Burnout-Erkrankung,
meinem Weg und meinem Kampf zurück ins Leben, meinen Abenteuern und Begegnungen auf dem Jakobsweg, der mich geheilt hat.
Und was bitte wäre ein Buch ohne Männer?
Es gab in dieser Zeit in meinem Leben zwei

Männer, die mein Schicksal sein sollten.
Ein Mann, der mich zur Frau gemacht und mich entfesselt hat.
Unsere Geschichte will ich Dir gerne erzählen.
Ich trinke sehr gerne auf uns, auf unsere Zeit, auf das, was war. Ich denke jeden Tag an unsere guten Tage. Ich denke aber auch jeden Tag an die schlechten. Diese haben mich wachsen lassen. Er hat mich von allen gesellschaftlichen Zwängen befreit.
Ich habe jahrelang die Luft angehalten.
Ich versteckte mich hinter einer Frau, die ich nicht war, die ich aber glaubte, sein zu müssen. Er hat mir gelernt, dass ich niemand sein muss, wenn ich nicht will. Doch es gab kein Happy End für uns. Und das ist gut so.

Was uns nicht gelungen ist, ist eine große Liebe.
Was für immer bleibt, ist unsere Seelenverwandtschaft.

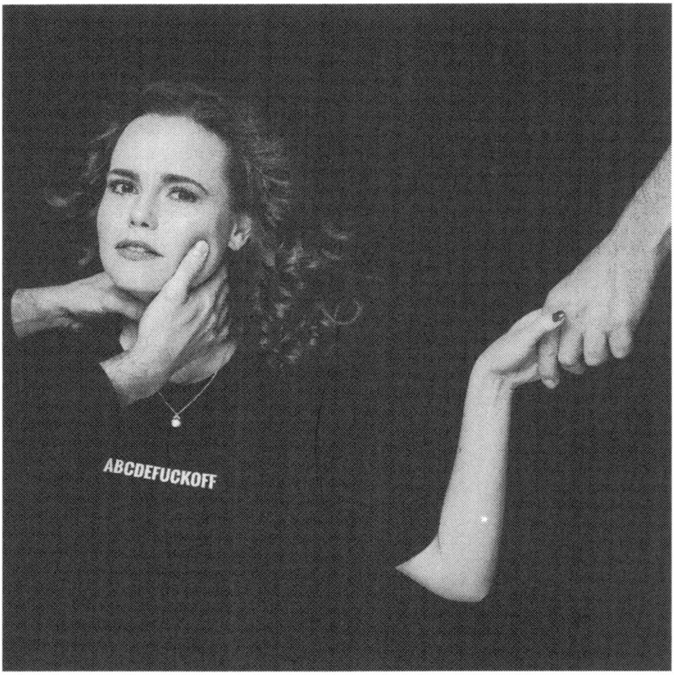

Außerdem es geht um einen Mann, der mir meinen Wert als Frau gezeigt hat, als ich mich in all dieser Freiheit und diesem Wahnsinn verloren habe. Und wenn ich diesem Mann nicht begegnet wäre, wäre ich vom Weg abgekommen, hätte mich verloren und mich nie mehr wieder gefunden.

Dank ihm bin ich bei mir angekommen und habe auf den rechten Weg zurück gefunden.

Echt jetzt?!?

Ja, echt jetzt!

Kapitel 1

An der Copacabana und bald auf´m Camino

*I*ch möchte mich, bevor ich Dir meine Geschichte erzähle, vorstellen.
Vorab freut es mich so sehr, dass Du mein Buch gerade in den Händen hältst.
VIELEN LIEBEN DANK, dass Du diese Zeilen liest. Mit meiner Geschichte hoffe ich, vielen anderen Frauen Mut machen zu können, sich

endlich zu trauen, das Leben zu führen, von dem sie immer geträumt haben!

Betrachte mein Buch als folgendes Genre:

Eine Mutmach-Geschichte, die viel Humor, Sarkasmus, Abenteuer, Drama, Chaos und gaaaaanz viiiiiiiel Liebe enthält! Außerdem will ich betonen, dass ich in meinem Buch KEINEM auf die Füße treten will! Vor jedem Menschen, über den ich hier schreibe, habe ich allergrößten Respekt!

Ich wünsche Dir, lieber Leser, liebe Leserin, vor allem eines:

Viel Freude beim *Träumen*!

Ich heiße Sabrina, bin 32, wurde am 13. Juli 1986 an einem Sonntagmorgen in Ingolstadt geboren. Sternzeichen: Krebs. Durch und durch. Experten behaupten, man würde einen Kompass benötigen, um durch das Seelenleben einer Krebs-Frau zu gelangen. Echt jetzt?!?

Mmmmh, ja, diese Experten könnten recht haben. Manchmal bräuchte ich selber einen Kompass für mich! Ich habe nicht den leisesten Schimmer, wohin die Reise mit mir noch gehen soll. Ich lasse mich gerne von mir selbst überraschen. Pläne, die ich die letzten 10 Jahre geschmiedet habe: total für´n Arsch! Und das ist auch gut so! Ich würde mich selbst als sehr fröhlich und lebensfroh bezeichnen.

Ich bin neugierig auf alles, auf die ganze Welt.

Ich muss etwas selbst erleben, sehen und fühlen. Wie ein Kind. Es reicht mir nicht, wenn man mir nur von etwas berichtet. Meine beste Freundin hat mir mal gesagt: *„Bruni, weißt du, was dein „Problem“ und gleichzeitig deine Gabe ist? Dass du vor nichts Angst hast! Und das bewundere ich!*

Von deinem Mut könnte ich mir mal eine Scheibe abschneiden!“. Ja, für meinen Mut muss ich mir selber ab und an auf die Schulter klopfen. Eigenlob stinkt, aber wenn ich eine Sache toll an mir finden soll, dann ist es mein Mut, der mich allerdings oft in heikle Situationen bringt! Wenn ich eines zu 100% in meinem Leben beherrsche, dann wie man erfolgreich aus der Reihe tanzt. Das war aber nicht immer so! Im Gegenteil. Ich habe mich lange nicht getraut, die Frau zu sein, die ich bin. Ich hatte eine sehr schöne Kindheit. Ich habe eine wunderbare Familie. Zwar eine sehr chaotische (der Apfel fällt nicht weit vom Stamm!), aber eine einzigartige liebevolle Familie, in der stets zusammen gehalten wird,

auch wenn die Hütte ab und an ordentlich brennt. Meine Eltern sind beides Steinböcke, mein Bruder wie ich ein Wasserzeichen. Zwei Steinböcke, zwei Wasserzeichen. Die perfekte Mischung mit Explosionsgefahr. Trotz allem Chaos, Schicksalsschläge und Katastrophen in unserer Familie, trage ich eines immer auf meinem Weg mit: die Liebe, die in meiner Familie jeden Tag auf's Neue zum Vorschein kommt. Ich erinnere mich immer gerne an meine Kindheit zurück. Meine Familie ist mein fester Anker. Mein Papa hat mir tiefe Wurzeln gegeben. Meine Mama Flügel. Die perfekte Kombination. Dafür bin ich beiden sehr dankbar. Für ein Kind ist beides gleich wichtig. Es sollte fliegen dürfen. Es sollte aber immer wissen, wo es sein Zuhause finden kann. Wo es zur Ruhe kommen kann. Wo es immer ein Stückchen Kindheit finden kann. Dort, wo es von Papa hundertmal gefragt wird, ob es Hunger hat, was es essen will. Dort, wo es hundertmal antworten muss, dass es keinen Hunger hat. Und dort, wo es von Mama gefragt wird: „Kaffee?".

An meine Zeit auf dem Gymnasium und an meine Pubertät denke ich nicht besonders gerne. In dieser Zeit starb meine Tante an Krebs. Ich war 13. Sie war für mich sehr wertvoll, denn sie brachte mich ein wenig meiner Leidenschaft für´s Reisen näher.

Ein T-Shirt aus Hawaii hier, eine Minnie Mouse aus Los Angeles da. Ich seh mich heute noch an dem Tag, als sie starb. Ich sehe mich heute noch im Türrahmen stehen und höre mich heute noch, wie ich mich von ihr verabschiedete und ich in diesem Moment wusste, dass ich sie nie wieder lebend sehen würde, nachdem ich den Raum verlassen habe. Und so war es. Ein paar Stunden später ist sie eingeschlafen. Ich sehe mich heute noch, wie ich das Wohnzimmer betrat. Ich sehe heute noch meinen Onkel, wie er neben ihr saß. Ich höre ihn heute noch weinen. Ich sehe mich heute noch neben ihr auf der anderen Couch liegen. Ich sehe heute noch das Lodern der Kerze auf dem Wohnzimmertisch. Ich sehe heute noch meine Mama in der Küche stehen und weinen. Ich sehe mich heute noch, wie ich in diesem

Moment selbst mit mir ausgemacht habe: *„Das Leben ist viel zu kurz für vielleicht und irgendwann und hätte und könnte und sollte und und und........“*. Diese Zeit hat mich sehr geprägt. Ich neigte in dieser Zeit auch sehr zu Übergewicht. Ich wurde von den Jungs manchmal sehr gemobbt. Heutzutage schreiben mir diese besagten Jungs furchtbar liebe Nachrichten, ob wir denn nicht mal einen Kaffee trinken gehen wollen. ECHT JETZT?!? Nein, wollen wir nicht, ihr Volltrottel! Zu den Jungs aus der Grundschule und dem Gymnasium, die mich als Kind und Jugendliche allerdings schon cool fanden, habe ich heute noch Kontakt! Was folgte, war ein kurzzeitiger Magersuchtsanfall, aus dem ich mich selber wieder rettete. Sehr hart für meinen Papa, den leidenschaftlichsten Koch, den ich kenne! Auf dem Gymnasium war ich eigentlich recht schüchtern. Hier und da mal nen Grundkurs geschwänzt, das Alkoholverbot auf der Berlin-

Fahrt missachtet. Das Übliche halt, aber ansonsten gibt's da nichts wirklich Interessantes zu erzählen. Brav mein Abitur zu Ende gemacht und Tschüss! Papa dachte zu dieser Zeit immer noch, dass er mich zu einem *„normalen, richtigen, gscheiden (sinnvollen)"* Beruf überreden konnte, doch mein Glück war folgendes: Ich wusste bereits mit 13, dank einer Soap, was ich werden wollte und NIEMAND konnte mich mehr davon abbringen. In dieser Serie gab es eine Fotografin mit cooler Arbeit, cooler Wohnung, coolen Freunden, coolen Männern. Ich wollte Fotografin werden! Ich wollte dieses Leben führen! Lag allerdings vielleicht auch daran, dass mein Papa ebenfalls schon immer gerne fotografierte, stundenlang seine Fotoalben schmückte und mit mir als Kind bereits schon in den Passbildautomat ist, nachdem man die berühmt-berüchtigte Würstlbude in Ingolstadt gegenüber vom Seiteneingang vom alten *„Horten"* besuchte. Ich höre meinen Papa heute noch: *„Fotografin??? Auf's Knepferl drucka? (Auf's Knöpfchen drucken?) Ja super, des konn i a! (das kann ich auch!) Wofür habe ich dich eigentlich auf's Gymnasium geschickt???“.* Gedacht habe ich mir damals wahrscheinlich, hätte mich es damals aber wohl niemals getraut, es laut auszusprechen: *„Ja, keine Ahnung, was ich auf'm Gymnasium soll!!! Dass die Eltern zufrieden sind und mit ihren Kinder angeben können...?!?“* Nein, ich bin ja sehr dankbar, dass mein Papa uns immer gefördert hat und immer das Beste für uns wollte und will. Mein Papa ist ein großartiger Mensch. Er hat uns ganz tiefe Wurzeln gegeben und würde immer sein letztes Hemd für uns geben. Auf ihn kann man immer zählen. Zu jeder Uhrzeit. In jeder Situation. Zwar manchmal mit einem schüttelnden Kopf, aber ohne Widerrede.

Aber es war ein großer Schock für ihn, als seine Tochter ihm mit 13 nach einem Praktikum in einem renommierten Fotostudio sagte: *„Ich will*

Fotografin werden!". Ich glaube seine Antwort war: *„Ja, wunderbar! Toll! Supi!"* Er hat sich für mich immer einen „normalen" Beruf vorgestellt, am besten noch in der Firma, in der er arbeitet. Ähm, NÖ!!!

Nicht, dass ich seinen Beruf nicht toll finden würde. Ich habe großen Respekt vor seinem Beruf. Großen Respekt vor seinem Ehrgeiz. Und seinem Fleiß. In den 80ern hat er Haus gebaut, ich war bereits da und am Abend hat er nebenbei noch seinen Techniker gemacht. Man muss aber ganz ehrlich sein und sagen, dass die Ingenieure, die ich von vor über 20 Jahren aus seinem verrauchten Büro noch kenne, schon alles sehr coole Männer sind. Aber schau Dir doch mal die neuen Ingenieure, Planer, Controller oder wie sie sich alle nennen, von heute an. *„Systeme hochfahren"* (hä????? Was für Systeme????). Wie *„busy"* die alle sind. Und dazu noch die ganzen „Teammeetings" oder „Afterworkpartys". Ja haben die alle den Schuss nicht gehört?!? Afterwork-partys?????? „After work“ will ich meine Ruhe haben und nicht noch oberschlau mit all den anderen Wichtigtuern bei einem Gin im Anzug oder im Miniröckchen und Highheels, in denen sie nicht laufen können, über die ach soooooo wichtigen Geschehnisse des Tages philosophieren. Die glauben ja auch alle ernsthaft, ohne sie würde der Laden nicht laufen. Echt jetzt?!? Ja, echt jetzt?!? Wir haben da eine eigentlich echt coole Bar in der Ingolstädter Altstadt. Geh da zur „Afterwork“ Zeit mal rein. „Afterwork“ ist bei denen um, sagen wir mal, ab 16 Uhr. Mein Gott, die hatten ja alle sooooo einen Stress!!!!!! Um 8 Uhr morgens erstmal Kaffee, mittags können sie sich zwischen all den Gerichten in der Kantine nicht entscheiden, zwischendrin macht man vielleicht noch eine „Erprobungsfahrt“ und im Anschluss gibt´s dann Gin und Co. Man weiß oft nicht, kommen die Damen dazu aus der Arbeit oder vom Laufsteg. Wunderschöne Frauen, aber die sehen alle so furchtbar aufgesetzt gezwungen fröhlich aus. Und ihre größten Sorgen sind dann meist der neueste Tratsch aus dem Nachbarbüro. Wer mit wem und überhaupt. Ich gehe manchmal in meiner Jogginghose und meinen Chucks in mein Fotostudio, wo ich mega coole „Shootings" mache und manchmal bin ich sogar mit meinem „Equipment" „on location" oder „outdoor" unterwegs. Das hat schon was Cooles! Nein, weißt du, warum ich Fotografin werden wollte??? Ich verrate es Dir. Mein Papa ist schuld! Fast jeden Samstag, während Mama noch geschlafen hat, hat er mich gepackt, mich angezogen, manchmal äußerst fragwürdig, wenn Du mich frägst, von meiner Frisur ganz zu schweigen, und hat sich mit mir auf den Weg in die Innenstadt gemacht. Im Auto lief immer mein Lieblingslied zum Mitschunkeln und Einschlafen. Danach auf den Wochenmarkt auf eine Würstlsemmel und ein oder zwei oder auch drei Bier. Zählen konnte ich damals noch nicht. Einmal waren wir beim Ohrlöcher stechen. Große Begeisterung danach bei meiner Mama. Auf was wollte ich eigentlich hinaus? Moment, ich hab den Faden verloren. Ach ja, genau und dann kam der Passbildautomat!!! Also Papa, DU bist schuld! 2005 begann ich meine Ausbildung zur Fotografin. Direkt danach erfüllte ich mir am 31.10.2008 meinen Traum vom eigenen Fotostudio und der Traum meiner Freiheit sollte beginnen.

Letztendlich sind meine Eltern
der Grund, dass ich so geworden bin,
wie ich geworden bin.
Darauf bin ich sehr stolz.

Meine Eltern sind ein verrücktes Paar.

Sie waren füreinander bestimmt und würden

füreinander ans Ende der Welt gehen.
Sie reisen gerne, sie feiern gerne, sie tragen ihr
Herz wie ich auf der Zunge.

Sie sind Lebemenschen und Lebenskünstler.

Sie haben mir gelehrt, dass
Umwege im Leben wichtig sind.
Dass Hindernisse notwendig sind!
Dass man nicht aussteigt, wenn eine Kurve
kommt, sondern dass man sich anschnallt.
Aufgeben gibt´s bei uns nicht!
Alles, was ich über das Leben und die Liebe weiß,
weiß ich von ihnen.
Alles, was ich darüber weiß,
habe ich mir von ihnen abgeschaut,
denn Kinder sind dafür bekannt,
lediglich ihre Eltern nachzuahmen,
wenn sie groß sind.

Echt jetzt?!?

Ja, echt jetzt!

Kapitel 2

Meine 20er und der Vollcrash

Am 31.10.2018 eröffnete ich mein eigenes Fotostudio.
Ich werde mich immer an diesen Tag und dieses Gefühl zurückerinnern.
Ich werde mich vor allem immer daran erinnern, wie mir meine Oma täglich Essen auf Rädern lieferte. Ja, auf meine Oma ist jeder neidisch, denn meine Oma ist nicht nur meine Oma, sondern auch beste Freundin, Ratgeberin, Vertraute, Lebenskünstlerin und die stärkste Frau, die ich kenne. Meine Oma hat immer darauf geachtet, dass es mir gut geht und es mir an nichts fehlt. Ich war damals 22, als ich mein Fotostudio eröffnete. Aus heutiger Sicht quasi

keinen Schimmer vom Leben. Wenn ich als 22-jährige an 32-jährige Frauen gedacht habe, puuuuh. Heute möchte ich nie mehr 22 sein. Die 20er waren grandios, aber die 30er...die rocken so richtig. Vor allem, wenn man frei ist. Dann möchte ich behaupten, gibt es kein geileres Gefühl als Frau.

Ich möchte Dir in meinem Buch ja erklären, woher mein Burn-out kam.

Heute rückbetrachtend entstand meine Erkrankung nicht der Arbeit wegen, auf was sich 90% aller Burn-out-Betroffenen, die ich kenne, herausreden.

Ich behaupte hier und jetzt, dass ein Burn-out private Gründe hat. Fast ausschließlich.

Ich behaupte außerdem, dass viele Frauen ein Burn-out mit einem Bore-out (also dem Gegenteil) verwechseln! Ich höre gerade viele Frauen, viele Mami´s, die das lesen, jetzt laut

Buuuuuuh rufen! Und das dürft ihr! Ich bin (noch) keine Mama, wahrscheinlich lese ich mein Buch in ein paar Jahren noch einmal und denke mir, ach du Scheiße, was hast du denn da für einen Mist geschrieben!?! Aber jetzt und heute habe ich eben diese Meinung. Auch wenn ich mir damit vielleicht Feinde schaffe, aber dieses Buch soll ja eine Mutmach-Geschichte sein und wenn es um´s Thema Mut geht, komme ich leider nicht darum herum, ehrlich und direkt zu sein. Meine Mami´s in meinem Freundeskreis: ICH LIEBE EUCH ALLE, das wisst ihr!!! Und ich liebe es, in eurer Nähe zu sein! Warum? Weil ich euch euer Glück abkaufe! Weil ihr mir nicht gegenüber sitzt und mir vorlügt, wiiiiiiieeeee ausschließlich wunderbar euer Leben als Mama ist. Sondern weil ihr mich auch an euren Sorgen teilhaben lässt. Weil ihr euch genauso für mein Glück freut, auch wenn mein Glück anders aussieht als eures. Sehr viel anders. Mit einem Freund soll man die

Freuden UND Sorgen teilen. Und zusammen vom Glück träumen, vor allem in schlechten Momenten. Und so geht es mir mit meinen Freunden! Meine Mami-Freundinnen sind genau so! Folgende Mami's kann ich aber nicht mehr um mich herum ertragen. Dafür ist mir meine Zeit zu schade. Die, die mir auf die Frage: *„Und wie geht's dir?"* mit einem oberflächlichen *„Alles gut, alles wunderbar!"* antworten und mir ins Gesicht lügen. Die, die mir einreden wollen, dass ich unglücklich bin, weil sie neidisch auf mein Leben sind. Die, die ihren Männern jedes Hobby ausreden, schlecht reden, quasi „verbieten". Die, die nicht mehr wissen, wie man sich ohne Kind amüsieren kann. Die, die zu Hause das Häkeln und Stricken anfangen. Die, die dann ihr Glück „perfekt" machen müssen und Kind Nummer 2 machen. Und das am besten noch, bevor die 30 vor der Tür steht! Kind Nummer 2, weil es sich eben so gehört oder weil Frau keinen Bock mehr zu arbeiten hat. Die, die andere Frauen, die dieses Glück eben nicht erfüllend finden oder als schlimmsten Alptraum befürchten, für bemitleidenswert anschauen. Die, von denen man dann hört, dass sie ein „Burn-out“ haben, weil sie plötzlich feststellen, dass das vielleicht doch nicht so erfüllend war. Echt jetzt?!? Ja, echt jetzt. Ich erlebe solche Frauen wöchentlich. Berufsbedingt. Privat habe ich mich von diesen *„Alles wunderbar, alles supimegatoll“*- Mami´s verabschiedet. Versteh mich bitte nicht falsch. Ich liebe Kinder! Über alles!!! Aber ich muss zugeben, mein schlimmster Alptraum ist es, in einem Haus, verheiratet, mit zwei Kindern, ohne Arbeit, zu warten, bis der Papa nach Hause kommt und das Leben zu verpassen. Das Leben wartet nicht auf der Couch! Ich liege auch sehr gerne auf der Couch, dann, wenn ich mich von meinen Abenteuern erholen muss. Meine allergrößte Leidenschaft ist die Kinderfotografie. Mein Schicksal: Bockige, freche, sture Jungs. Dafür habe ich nicht nur in meinem Beruf ein Händchen. Ich liebe alle Kinder meiner Freundinnen. Alle. Von ganzem Herzen. Ich selber möchte auch ein Kind. Eines. Eines reicht mir vollkommen. Wahrscheinlich rede ich jetzt klug daher und ende später mit Drillingen. Wahrscheinlich mit drei Jungs. Den Kinderwunsch trage ich schon sehr lange in mir, doch erst, wenn ich mir meine Träume erfüllt habe. Meine Liste ist lang. Aber ein oder zwei oder drei Punkte möchte ich gerne noch abgehakt haben. Punkt 1: dieses Buch, mein zweiter Lebenstraum. Meinen ersten **Lebenstraum „erfolgreiches Fotostudio führen“** und **Reisen: CHECK!** Habe ich mir erfüllt. Punkt 2: **Kinoverfilmung meines Buches**. Punkt 3: **Weltreise**. Du merkst: Ich träume gerne zu groß, zu hoch, zu weit! Aber das ist auch der Grund, warum Du dieses Buch jetzt im Moment in den Händen hältst! Zurück zu meinem Kinderwunsch: Ja, ich möchte unbedingt ein Kind! Am liebsten mit Mitte 30. Also so in ein oder zwei Jahren. Der Plan steht. Stichwort Plan: Wenn meine Pläne damals aufgegangen wären (Lieber Gott im Himmel, vielen Dank, dass meine Pläne niemals aufgehen!), dann hätte ich mich mit Mitte 20 zum 2. Mal schwängern lassen und wäre wohl auch eine von diesen Mami´s geworden. Ach, ich hatte mit 20 eine wunderschöne Beziehung. Über acht Jahre. Wir waren jung, verliebt und frei. Wir feierten, bis die Sonne aufging. Wir reisten. Quer durch die Welt. Absolutes Highlight waren die Karibik-Kreuzfahrt, Australien, das sogar zweimal, und Hawaii, das wir Last-Minute 8 Stunden vor Abflug gebucht hatten, weil ich eine meiner besten Freundinnen (Anwältin ohne Kinderwunsch, die Christmas-Shopping in New York dem stressigen Weihnachtstreiben bei uns auf den Christkindlmärkten vorzieht => RECHT HAT SIE!!!) vor Ort überraschen wollte. Ich arbeitete in dieser Zeit unserer Beziehung auch schon immer sehr viel. Er unterstütze mich, wo er nur konnte. Ein toller Mensch. Ein toller Mann, dem ich von ganzem Herzen alles Glück der Welt wünsche. Auch seine Familie war für mich acht Jahre lang meine Familie und umgekehrt. Auch heute habe ich zu seiner Familie noch Kontakt und genieße ab und an einen Kaffee-/Weinklatsch mit meinen Ex-Schwiegermamas in spe. Wahnsinnig tolle und warmherzige Frauen, die mich wie ihre eigene Tochter behandelt haben. Damals war ich noch „jung" und hatte viel mehr Energie. Ich arbeitete wie eine Blöde, immer mit Leidenschaft. Nach meiner Arbeit? Auf die Couch? Nein, ich arbeitete entweder zu Hause weiter oder ab in die Bar, zum Essen mit Freunden, in die Disco. Sonntags? Ausschlafen? Ach was, wozu? Immer war irgendetwas. Immer waren wir irgendwo eingeladen. Nein sagen konnte ich damals noch nicht so gut. Ich wollte es immer allen recht machen. Bloß niemanden enttäuschen. Tja, aber das Ganze hat einen Haken: Man denkt an alle anderen, nur nicht an sich selbst! Man verdrängt die innere Stimme. So lange, bis es eben geht. Mein damaliger Freund und ich fingen irgendwann an, nebeneinander her zu leben. Wir redeten immer weniger miteinander. Wir lebten wie in einer WG. Wir fingen an, uns auf die Nerven zu gehen. Meine Arbeit wurde mehr und mehr. Mein „Bekanntheitsgrad" und das Interesse an meiner Person allerdings auch. Und somit wurden meine Nerven im Laufe der Jahre immer weniger und weniger, denn ich wurde älter. Mit allen Höhen und Tiefen, mit ganz viel Ehrgeiz, Mut, Kraft und auch Tränen machte ich „mein Baby" zu einem sehr renommierten Fotostudio. 2015 war DAS Jahr. Am absoluten Höhepunkt und kurz darauf im freien Fall seelisch ganz unten aufgeprallt. 2015 war MEIN Jahr. Das Jahr, das alles verändern sollte und alles verändert hat. Beruflich am Ziel meiner Träume angekommen. Alles und noch viel mehr geschafft, als ich erreichen wollte und zu träumen gewagt habe. 80 Stunden pro Woche, ein mehr als voller Terminkalender und 7 Mitarbeiter, die mir stets den Rücken stärkten und immer eine fantastische Arbeit ablieferten. Ich fotografierte in den letzten 10 Jahren über 1000 Hochzeiten. Studioaufträge wie meine Familien, Babys, Kinder, Babybäuche, Portraits, Kindergärten, Werbeaufnahmen, u.a. für eine bekannte Schokolade deutschlandweit und eben alles, was ich noch so erledigte, liefen so nebenher. Ich durfte 2015 auch ein wenig in die Welt von „Personen des öffentlichen Interesses" hineinschnuppern. Ich durfte im Februar 2015 einen Ingolstädter Tänzer und Choreographen nach Köln begleiten, um seine DVD fotografisch mitzuproduzieren. Aufgrund der länger wie geplanten Drehzeit verpasste ich meinen Flug nach Amsterdam, wo wir den 30. Geburtstag meines damaligen Freundes feierten. Ich blieb eine Nacht länger in Köln und fuhr mit dem Zug nach Amsterdam. Noch heute kann ich mich an sein enttäuschtes Gesicht erinnern, als er mir an seinem 30. Geburtstag die Tür in unserem Mietshaus in Amsterdam geöffnet hat und ich einfach mal ein paar Stunden zu spät kam. Ich hatte meine Arbeit über mein Privatleben und über meinen Partner gestellt und diesen Fehler würde ich heute nie mehr machen! Ein paar Wochen später durfte ich mit nach Köln zu einer TV-Tanzshow, auch backstage und auf die After Show Partys, es war der absolute Hammer, das so miterleben zu dürfen! Ich denke wahnsinnig gerne an diese Zeit zurück. Doch dann geschah etwas, mit dem ich damals noch nicht umzugehen wusste. Mir wurde eine Affäre nachgesagt. Ich habe es sogar bis in ein Promi-Magazin geschafft. Grins-Emoji an dieser Stelle! An diesem Gerücht war absolut nichts dran, doch für meinen damaligen Freund war das natürlich ein Alptraum. Er glaubte mir, aber die Leute reden ja immer und die, die dich nicht kennen, wissen ja sowieso immer mehr von Dir als Du selbst! Das war auch nicht unser Trennungsgrund. Unsere Beziehung war sehr stark und die ertrug so einiges, doch in dieser Zeit merkten wir beide, dass es mich woanders hinzieht. Aber ich traute mich lange nicht, es laut auszusprechen, es auch nur zu denken! Doch etwas in mir war so laut geworden und da tat sich so ein starker Wind auf und ich war plötzlich nicht mehr bereit, auf die gesellschaftliche Schiene aufzuspringen. Jeder wartete natürlich darauf. Darum war es für alle und vor allem für mich ein Riesen-Schock, dass mir von der einen auf die andere Minute im Mai 2015 klar wurde, dass diese schöne Zeit, die wir hatten, hier und jetzt vorbei ist, ich nun etwas anderes brauche, er nicht der Mann für meine

Zukunft ist, ich nicht die Frau für seine Zukunft bin und wir uns nun trennen werden. Bum. Acht Jahre Beziehung. Eine Frau mit Ende 20 geht. Ich wusste, dass ich nie mehr so einen guten Mann wie ihn treffen würde, aber ich ging. Mit allen Konsequenzen. Ich packte ein paar Sachen und fuhr zu meiner Beffi. Beffi zählt nicht nur zu meinen besten Freundinnen. Sie ist wie eine Schwester. Ich wählte sie, denn sie hatte eine Gabe, die sonst niemand hatte. Sie bemitleidete mich nicht. Sondern sie gab und gibt mir mit ihrer ganz besonderen, liebevollen, schroffen Art immer wieder Feuer unter'm Arsch und immer neuen Mut, weiter zu kämpfen. Natürlich hätte ich wieder in mein altes Kinderzimmer in mein Bett unter meinen Sternenhimmel ziehen können, aber mein Papa hätte mich mit seiner Liebe und Fürsorglichkeit erstickt. Und keine Frau geht mit Ende 20 in ihr altes Kinderzimmer zurück. Außerdem wollte ich nicht, dass meine Familie

mich so traurig sieht. Die Tage vergingen. Die Wochen vergingen. Ich zweifelte, ob die Trennung wirklich das Richtige war. Millionen von Selbstzweifeln und schlafloser Nächte.
Es tat unendlich weh. Trennungen schmerzen immer, ich weiß. Doch in unserem Fall war es eben so, dass man sich ja trotzdem liebte! Aber tief in mir wusste ich, dass er nicht mein Mann für´s Leben ist. Ich stürzte mich weiter in die Arbeit. Und so nahm das „Unglück" seinen Lauf. Doch das „Unglück Burn-out" war das größte Geschenk meines Lebens! Ich wusste es zu diesem Zeitpunkt nur noch nicht. Es trat ein, was eintreten sollte und bereits längst überfällig war. Es kam der große Vollcrash. Ohne Ausweichmöglichkeit. Heute ist es mir wirklich ein unlösbares Rätsel, wie ich so lange so arbeiten und so leben konnte und so lange so durchgehalten habe. Ich liebte meine Arbeit immer. Ich liebte meine Kunden. Jedoch arbeitete ich so viel, um mich

nicht damit auseinandersetzen zu müssen, dass ich privat nicht glücklich bin. Und so wurden es 80 Stunden in der Woche. Eines Tages konnte ich das Klingeln des Telefons nicht mehr ertragen. Mir wurde schon flau im Magen, als ich nur in die Straße meines Fotostudios abbog. Ich versuchte, mir einzureden, dass das bald wieder weg geht. Dass alles gerade nur etwas stressiger wie sonst wäre, auch wegen der Trennung, blablabla. Ich suchte nach Ausreden. Ich verdrängte die innere Stimme. Der Stress ging bereits ans Körperliche. Zum einen habe ich sehr viel abgenommen. Ca. 10-15 Kilo. Was für die Frauen ja generell immer gut ist, aber in meinem Fall war es so, dass ich ja vorbelastet war und selbst Angst hatte, in alte Muster zu verfallen. Dann war ich kurz vor'm Gehörsturz. Ich hatte „Glück“ und zog mir „nur“ eine sogenannte „Ohrentrompete“ zu. Ich verlor meinen Gleichgewichtssinn. Meine Kristalle verlagerten sich vom rechten Ohr komplett ins linke. Die Folge: häufiger Schwindel und rechts meine ich leider, nichts mehr zu hören. Mein Hörvermögen ist Gott sei Dank da, aber es fühlt sich an, als hätte ich rechts Watte im Ohr. Und das bleibt wohl leider ein Leben lang. Ich habe mich mittlerweile daran gewöhnt. Nur, was noch viel schlimmer ist als die körperliche Auswirkung, war die Seelische. Es war der 19. Juni 2015. Ohne, dass ich im Kalender nachsehen muss. Glauben Sie mir, so einen Tag vergisst man nie mehr. Ich hatte einen echt schönen Mädelsabend im Kreise meiner Lieblingsmamis. Wir hatten Spaß, wir lachten. Sie gaben sich alle Mühe, mich von meinem privaten Trennungs-Schmerz abzulenken. Wir redeten über meine Arbeit. Ich kann mich noch genau erinnern, als ich folgenden Satz von mir gab:

„Ja, ich weiß, ich arbeite zu viel. Ich sollte mal drüber nachdenken, etwas kürzer zu treten!

Vielleicht nach'm Weihnachtsgeschäft. So ab Januar 2016. Vielleicht könnte ich mir sogar den Luxus erlauben, meine Öffnungszeiten abzuschaffen und nur noch auf Termine zu arbeiten. Ja mal sehen, das sind Hirngespinste...irgendwann mal. Vielleicht."
Ca. eine Stunde später machte ich mich mit dem Auto auf den „Heimweg" zu Beffi. Ich fuhr und fuhr und fuhr und plötzlich, aus dem Nichts, ohne Vorwarnung, bekam ich ein ganz komisches, warmes, vertrautes Gefühl.
Es war ein sehr seltsames Gefühl. Ein Gefühl, das ich so noch nie spürte. Ich konnte es nicht einordnen. Angst hatte ich jedoch keine.
Und dann geschah etwas, das ich sonst nur aus Filmen kannte. Ich hatte das Gefühl, als würde jemand neben mir sitzen, mich anschauen, mir die Hand auf die Schulter legen und mir sagen: *„Mein Mädchen, ich weiß, du kannst den Weg nicht mehr sehen. Dafür bin ich jetzt da. Vertrau mir! Du spürst es tief in dir, was du zu tun hast. Trau dich!*

Ich bin da! Du brauchst keine Angst zu haben! Du wirst folgendes tun: Du sperrst deinen Laden zu und zwar morgen! Wenn du das nicht tust, wirst du untergehen und dein „Baby", dein Lebenstraum, wird mit unter gehen! Ich entscheide für dich! Jetzt und hier! Du hast deine Grenze erreicht. Du hast sie längst überschritten! Es ist an der Zeit!". Ich fühlte mich wie in Trance, wie in einem Tunnel. So fühlte ich mich schon sehr lange. Doch plötzlich war da ein Licht zu sehen. Nicht besonders hell, aber ein kleiner Rettungsanker. Ich fühlte mich wie in einem schlechten Film. Das konnte ich doch nicht tun. Das Gefühl in diesem Moment kann ich eigentlich nicht wirklich beschreiben. Es war so beängstigend, denn ich glaubte, meinen Verstand zu verlieren. Wahrscheinlich würden sie mich morgen einliefern. Aber da war plötzlich so ein wahnsinnig starkes Gefühl von Freiheit. Ich weiß bis heute nicht, was da im Auto mit mir geschah. Was das war. Wer das war. Vielleicht hatte ich kurzzeitig den Verstand verloren. Am Alkohol konnte es nicht liegen, denn ich war nüchtern. Verrückt eigentlich, denn solche Entscheidungen traut man mir sonst nur alkoholisiert zu. Ich war ganz bei mir. Ich konnte mich zwar in dieser Zeit selbst nicht so wirklich sehen und auch nicht fühlen, aber in diesem Moment war ich mir so nah wie noch nie. Als würde ich vor einem verschleierten Spiegel stehen und der Vorhang ist gefallen. Ich habe auch nicht mehr versucht, dagegen anzukämpfen. Sinnlos. Die Entscheidung war gefallen. Ich hatte auch keine Kraft mehr, diese Entscheidung zu überdenken. Warum auch dachte ich mir. Wenn ich mich entschieden habe, habe ich das. Ohne wenn und aber. Ich fuhr und fuhr weiter und fühlte eine Art der Erlösung. Ich kam bei Beffi an. Ich sehe mich heute noch, wie ich die Haustüre öffnete, zu ihr in die Küche ging, mich an den Küchentisch setzte und sagte: *„Du, ich muss dir was sagen!"*.

„Ja, bitte?!?“ antwortete sie in ihrer provokanten Art und sie schien, es zu ahnen. *„Du, ich schaff 2015 nicht mehr ganz! Ich kann nicht mehr.“* und war dabei ganz ruhig und gefasst. Sie sah mich an und sagte: *„Du schaffst auch den nächsten Monat nicht mehr, oder?“* Ich: *„Ne, ich befürchte aus, vorbei, Ende.“* Sie: *„Ok. Wann? Morgen?“* . Ich: *„Ja, morgen!“* Sie: *„Perfekt, dann reiß´ ma doch glei a Flasch´n auf, dad i song!“ („Perfekt, dann öffnen wir doch jetzt sofort eine Flasche!“)* fiel ihr dazu ein, ging zum Kühlschrank und ließ den Korken einer gekühlten Sektflasche knallen. Ich konnte es selbst kaum glauben, aber ich hatte vor, es echt durchzuziehen. Ich glaube, ich befand mich in dem Moment in einer Art Schockzustand, in dem ich mir selbst dabei zu sah und gespannt war, was als nächstes passierte. Ich hatte nicht mehr das Gefühl, dass ich selber handelte, sondern an der Hand geleitet wurde. Jemand half mir dabei. Alleine war ich nicht mehr in der Lage, das zu

meistern. Falls ich zu diesem Zeitpunkt noch nicht an Schutzengel und magische Kräfte geglaubt habe. Seit diesem Abend tue ich es! Ich glaube ja, alle meine Schutzengel von da oben saßen gemeinsam mit uns in der Küche und diskutierten, wie sie das am besten lösen würden. Und so kam eines zum anderen. Noch in dieser Nacht rief ich meine Mama an. Sie war nicht überrascht. Sie spürte das und wusste das bereits vor mir. Ich schlief eine Nacht darüber. Ich erwachte am nächsten Morgen mit...ja...mit was. Ich weiß es nicht mehr. Ich war immer noch im Schockzustand. Ich versuche mich, in diesem Kapitel in mich selbst und diese Tage im Juni 2015 noch einmal hineinzufühlen. Ich habe Gänsehaut am ganzen Körper. An diesem Tag stand folgendes auf dem Plan: Oma und Papa. Es standen mir Höllenstunden bevor. Und das jetzt bitte nicht falsch verstehen. Du weißt ja bereits, wie wundervoll meine Familie ist, aber mein Papa und meine Oma nehmen sich ungern mit ungefragten Ratschlägen und „Tipps“ zurück und das kann sehr anstrengend sein. Vor allem, wenn man wie ich damals in dieser Verfassung war. Sie sahen mich eben auch damals noch als das Kind. Nicht als eine Frau, die ihr eigenes Leben lebt und eigene Entscheidungen trifft. Und da half nur noch eines. Augen zu und durch. Mit meiner besten Freundin im Schlepptau als Airbag. Oma meinte zuerst, dass ich schwanger bin, als wir uns an ihren Küchentisch saßen, nachdem ich unangemeldet bei ihr herein schneite und sagte: *„Oma, ich muss dir was sagen, setz dich hin!“* Ich glaube, sie hatte auch einen kurzzeitigen Schock. DAS KIND weiß nicht mehr, was es macht und fängt zum spinnen an. Zu diesem Zeitpunkt hat auch noch niemand das Ausmaß meiner Burn-out-Erkrankung vermuten können, nicht mal ich selbst. Ich war sogar an diesen Tagen noch fest davon überzeugt, dass ich einfach ein bisschen

Ruhe brauche. HAHA. Es dauerte lange, meiner Oma zu erklären, was mir fehlte. Für mich ist das immer noch schwierig, einer anderen Generation das zu erklären. Denn heute hat eine Frau eben alle Möglichkeiten der Welt, ihr Leben so zu leben, wie sie das möchte. Das war damals eben nicht so. Burn-out ist meiner Meinung nach die Sehnsucht nach Freiheit in meiner Generation. Es ist für manche immer noch schwierig zu verstehen, warum eine Frau daran kaputt geht, wenn sie von anderen das Gefühl bekommt, sie mache etwas falsch, nur weil sie Single ist und keine Kinder hat. Ich rede von der Gesellschaft. Ich rede von diesem dämlichen gesellschaftlichen Druck. Ich rede von diesem dämlichen gesellschaftlichen Klischee. Ich rede hier von allen dämlichen Frauen, die dich als (vielleicht sogar gewollte) Single-Frau bemitleidenswert anschauen! Die Frauen, die ihr Leben komplett aufgeben. Die, die ihre Träume begraben! Die, die ernsthaft glauben, Kinder seien das einzig wahre Glück im Leben. Falsch! Ein Baby löst bestimmt ein Glücksgefühl aus, das man mit nichts anderem vergleichen kann, aber das tut die Freiheit auch! Frauen können auch ohne Kinder glücklich sein. Ich befand mich damals an einer Kreuzung. Ich habe mich schon entschieden, in welche Richtung ich abbiegen werde und zwar in die der Freiheit. Aber teile das mal allen in ihrer Umgebung mit, die auf Hochzeit, Haus und ein Baby warteten. Ich bin heute noch dankbar für meinen Mut. Ich bin der festen Überzeugung, dass, wenn ich nicht mutig gewesen wäre, mit dem Strom geschwommen wäre, geheiratet, gebaut und mich schwängern hätte lassen, ich verdammt unglücklich geworden wäre und mich ein Leben lang angelogen hätte und selbst auch so eine *„Alles wunderbar!"*- Frau geworden wäre. Sich selber anlügen ist schließlich viel einfacher, als mutig zu sein und auszubrechen. Wieder muss ich hier betonen: ICH LIEBE KINDER! VON GANZEM HERZEN! Ich freue mich auch heute schon darauf, selbst Mama zu werden. In ein paar Jahren, wenn die Liste meiner Träume abgehakt ist. Beziehungsweise, wenn ich meinem Kind das hoffentlich genauso mit auf den Weg geben kann, wie es meine Mama bei mir gemacht hat. Dass aus mir keine Mama wird, die ihr eigenes Leben aufgibt und anfängt, zu stricken oder ähnliches. Sondern die, die ihrem Kind die Welt zeigt und alles, was es zu entdecken gibt, es frei sein lässt, es fliegen lässt und es nicht bemuttert wie eine Oberglucke. Meine Mama hat bereits jetzt den Auftrag, dass sie mir eine mit der Schaufel drüber hauen soll, wenn ich jemals so eine Mutter werde. Ich höre ab und an den Satz und muss mir dabei das Kotzen verkneifen: *„Also für was brauche ich denn ein Baby, wenn ich vorhabe, es in die Krippe zu stecken. Da brauche ich doch kein Baby!“*. Genau, verbringt lieber den ganzen langen Tag zuhause, am besten vor dem Fernseher, sperrt euch und euer Kind ein, da hat euer Kind bestimmt mehr davon! Ich schweife wieder ab. Aber sie werden merken, wie sehr mich dieses Thema beschäftigt, denn auch dieses Thema hat mein Burn-out ausgelöst. Heute ist mir die Meinung dieser Mami´s egal. Heute stehe ich mit den Männern dieser Mami´s ungewollt auf Faschingspartys zusammen und muss mir anhören, wie cool mein Leben ist und wie unglücklich sie sind. Sie klagen mir ihr Leid, erzählen mir, wie lange sie schon keinen Sex mehr hatten und ich verdrehe dabei innerlich die Augen und denke mir: Echt jetzt?!? Bei euch ist doch nicht alles wunderbar??? ÜBERRA-SCHUNG!!! Tut manchmal ganz gut, zu wissen, dass man laut diesen Mami´s doch nicht alles falsch gemacht hat. Die Krönung des Ganzen ist dann aber, dass diese *„Alles wunderbar!“*-Frauen dich auch noch als Schlampe betiteln! Alles schon erlebt! Ja, das kann weh tun. Hat es mir zumindest. Doch nach längerem Nachdenken und genauem Hinsehen wurde mir klar: Liebe Schlampen und die, die es werden wollen: Nehmt es nicht persönlich! Diese Frauen sind meist nur neidisch auf euer (Sex-)Leben!!! Die machen lieber euch und euer Leben schlecht, bevor sie sich eingestehen würden, dass sie unglücklich sind! Naja, weiter von Oma zu Papa. Papa wurde bereits von meiner Mama vorgewarnt, denn Papa neigt manchmal zur Explosionsgefahr. Ich kam auf die Terrasse. Ich sah ihn an und teilte ihm mit, dass ich am nächsten Tag all meinen Mädels schweren Herzens kündigen werde und mein Studio vorerst schließen werde. Die Reaktion könnt ihr Euch wahrscheinlich vorstellen. Nach einem kurzen *„Das kannst du nicht machen, du musst...!“* und *„STOP, ich muss gar nichts, Papa!!! Du siehst doch, dass ich´s kann. Ich bin hier, um dir das zu sagen und ich nicht will, dass du´s von* *anderen erfährst!“* BUM. BÄM. OMFG. SCHOCK für Papa. Seine Tochter, seine Maus, wollte keinen Ratschlag, die sie doch immer so gerne angenommen hat, nicht mehr hören! Er stand auf. Stille bei Mama und meiner besten Freundin. Er kam nach ein paar Minuten mit einer Flasche Ouzo und vier Schnapsgläsern zurück. Der nächste Tag kam. Ich bestellte all meine Mädels ins Studio. Sie alle hörten bereits an meiner Stimme, dass etwas nicht stimmte. Sie waren alle da. Ich habe mir keine Rede überlegt. Ich sagte es Ihnen, wie es war. Kurz und knackig. Ich musste sie leider alle kündigen, denn ich habe mich auch dazu entschieden, mich nicht krank schreiben zu lassen, sondern das alleine zu regeln. Genug Geld war ja da. 80 Stunden in der Woche machen sich auf dem Konto bemerkbar. Und ich wollte auch nicht, dass sie ohne mich weiter machten. Ich hatte die Kontrolle total verloren. Mein Studio war am absoluten Höhepunkt. Und ich hatte das Gefühl, dass ich meinen Erfolg nicht genießen konnte. Trotz der vielen Reisen. Ich war im Kopf nicht frei. Erfolg macht stark und stolz, aber nicht glücklich. Glaubt mir, ich hab´s versucht! Und so habe ich am 20. Juni 2015 mein Fotostudio von heute auf morgen dicht gemacht. Ich habe die Notbremse gezogen. Ein Tag länger und ich wäre untergegangen. Zurück zu meinen Mädels:

Das beste Team, dass ich in dieser Zeit nur haben konnte. Sie standen alle hinter mir. Bedingungslos. Ein überwältigendes Gefühl. Schnell ein Plakat an die Tür: Vorerst geschlossen. Ich schrieb eine kurze Rundmail an all meine Kunden, die ich in nächster Zeit hatte und alle Aufträge, die noch abzuarbeiten waren. Diesen Stapel sehe ich heute noch vor mir. Ich fasse mich hierzu kurz: Ich gab mir ein paar Tage Pause und versuchte, mich zu sammeln. Ich beschloss, die Öffnungszeiten für die Zukunft komplett abzuschaffen und nur noch auf Terminvereinbarung zu arbeiten. Ich merkte, dass das Klingeln des Telefons mich krank machte und manchmal auch das Telefonieren. Und so entschied ich mich, mein Geschäftstelefon abzuschaffen und alles nur noch über das Internet zu regeln. SCHOCK wiederum für meinen armen Papa. Kurzer Schock für mich selbst, dass ich das wirklich durchzog.

Ich war die erste Fotografin in Ingolstadt und Umgebung, die so handelte.

Mein Gefühl sagte mir, ich würde das Richtige tun. Und so war es. Und jetzt und heute möchte ich einfach DANKE von ganzem Herzen an meine Kunden sagen, die diesen Weg mitgegangen sind und gehen. Der Rückhalt war enorm. Die Unterstützung und die Treue überwältigend und sehr rührend.

Denn ich entschied mich damals außerdem, meine Burnout-Erkrankung öffentlich zu machen.

Die Gerüchte und das Gerede haben mir nicht gefallen. Ich habe nicht gerne gehört, dass ich angeblich nach Köln mit einem anderen Mann durchgebrannt wäre oder mein Fotostudio pleite wäre. Es war nämlich das Gegenteil: es wurde so lukrativ, dass es mir zu viel des Guten wurde. Das war nicht unbedingt leicht, allen mitzuteilen, wie es um einen stand, aber absolut richtig! Unglaublich, wie sich auch meine Kunden mir danach öffneten. Die Gespräche wurden viel echter, viel ehrlicher und meine Fotos somit viel besser, denn nur, wenn ich dem Kunden nahe bin, kann ich seine Seele auf meinen Bildern festhalten. Und heute ist mein Blickfang-„Baby", mein Lebenstraum, 10 Jahre alt, ich bin wieder gesund und vor allem glücklich. Aber um heute soll es in diesem Buch nicht gehen. Zurück zum Juni 2015. Einen Tag, nachdem ich mich etwas „sammelte" und alle Kunden Bescheid wussten, wachte ich auf und konnte nicht mehr aufstehen.

Alles fiel von mir ab. Ich lag wie gelähmt im Bett. Gefesselt. Ich hatte von heute auf morgen meine Lebensfreude verloren. Ich hatte keine Lust auf irgendetwas. Ich fühlte mich leer und zum wegwerfen. Ich wollte den ganzen Tag weinen. Aber am liebsten wollte ich sterben. Die Gedanken, die einem da durch den Kopf gehen, will ich nie mehr durchleben. Und dann wurde ich böse auf mich selbst. Warum zur Hölle lebte ich nach den Erwartungen anderer? Warum zum Teufel traute ich mich nicht schon viel früher, aus dem Hamsterrad beruflich und vor allem privat auszusteigen. Für wen tat ich das? Für mich? Nein. Aber ich war auch so verdammt stolz auf mich, dass ich diesen mutigen Schritt gegangen bin. Ich hoffte so sehr, dass die Belohnung dafür irgendwann kam. Für meinen Mut. Aber vorerst durchlebte ich die Hölle. Da musste ich wohl durch. Es gab kein Entkommen. Weglaufen ging nicht. Und so nahm ich den Schmerz an. Ich hatte das Gefühl, zu ersticken. Als würde jemand auf meinem Brustkorb stehen und mir die Luft abschnüren. Ich hatte Angst vor mir selbst. Ich wollte einfach nicht mehr da sein, Ich wollte mit keinem Menschen reden. Ich wollte niemanden sehen. Bereits ein paar Worte am Tag waren mir zu anstrengend. Die Nerven lagen blank. Mehr als blank. Bei jedem Wort hätte ich an die Decke gehen können. Ich hatte so einen Druck in meinem Kopf, der kaum auszuhalten war. Ich wollte Stille. Aber in mir war es so laut. Mein Kopf gab einfach keine Ruhe. Ich weiß heute noch nicht, was sich meine Seele dabei gedacht hat. Ist mir auch egal, sie wird ihren Grund dafür gehabt haben. Meine Beffi (und ihre Katze, die es liebte, aus meinem Glas zu trinken!) saß Stunden an meinem Bett und wusste selbst nicht mehr so recht, wie sie mir helfen konnte. Ich glaube, sie betete oft vor dem Bild ihrer verstorbenen Oma, in deren Haus sie nun wohnte, für mich. Und wenn sie das nicht tat und ich mal nicht im Bett vor mich hin litt und mich selbst bemitleidete, war unser einziges Problem in dieser Zeit: Zu spät für Kaffee oder zu früh für Alkohol? Natürlich habe ich mich beim Arzt informiert. Burn-out-Therapie und wenn alle Stricke reißen: Antidepressiva. Ja klar. Ich war sofort raus. Das war nicht mein Weg. Wie bitte konnte mir ein „Experte“ über Burn-out, der in seinem Leben selbst niemals Burn-out hatte, etwas über Burn-out erzählen und mir da heraus helfen? Mit Tabletten? Super Lösung!!! Gratulation! Und so entschied ich mich, mir selbst zu helfen. Möge es dauern, wie lang es wolle. Ich war allein da rein gekommen, also komme ich da alleine wieder raus. So einfach war es natürlich nicht und ich habe diese Krankheit sehr unterschätzt. Aber wenn man dann mal auf dem richtigen Weg ist, dann läuft das schon alles irgendwie. Könnte mein Lebensmotto sein. *„Wird schon alles* *irgendwann irgendwo irgendwie werden!*". Wichtig ist, dass man anfängt und trotz Rückschlägen nicht aufgibt. Ach Gott, was hatte ich Rückschläge. Immer und immer wieder. Ich habe auch heute noch Tage, da muss ich einfach mal einen Tag liegen bleiben und heulen. Das muss sein. Bei mir ist das meistens sonntags. Da komme ich zur Ruhe. Sonntags ist Heultag. Sonntags muss ich den ganzen langen Tag in den Arm genommen werden. Die ganze Woche über kann ich alles von mir wegschieben und machen und tun und stark sein und wollen und alles geben. Aber sonntags: Bum! Na und? Weinen tut so gut. Und da ich ein Krebs bin und zu Wutexplosionen neige, ist das emotional notwendig. Also: wenn ihr heulen wollt, heult! Und morgen macht ihr weiter! Immer stark sein, geht auf Dauer nicht. Burn-out wird Euch das ganze Leben über begleiten! Die Kunst dabei ist, damit zu leben und richtig mit dieser Krankheit umzugehen! Ignorieren ist schonmal der falsche Weg! Lasst die Krankheit ein Teil von euch sein! Lasst sie zu! Wehrt Euch nicht! Das habe ich in den letzten drei Jahren gelernt. Mit ihr zu leben. Sie ein wichtiger Bestandteil von mir sein zu lassen. Die Narben sitzen immer noch tief und sie werden auch bleiben. Tragt sie mit Stolz! Sie werden euch immer dabei helfen, wieder auf EUREN Weg zurückzufinden und nicht auf den der anderen wieder verirren lassen! Atmet tief durch, ignoriert ALLE ANDEREN Meinungen und Ratschläge! Blendet alles aus! Fühlt euch wieder! Findet euch wieder! Gebt euch Zeit! Werdet egoistisch! Lernt, Nein zu sagen! Weint! Weint alles raus! Schaut euch im Spiegel an und lasst es euch eine Lehre sein, dass ihr es so weit nie wieder kommen lassen werdet! Schämt euch, dass ihr eure Gesundheit so vernachlässigt habt! Kämpft! Kämpft für euer Glück! Egal, wie dieses Glück aussehen mag! Wenn alles auseinanderzufallen scheint und alles den Bach runter zu gehen scheint, bleibt ganz ruhig. Dann soll das so sein! Es nimmt nur ein anderes Muster an! Ihr dekoriert nur neu. Veränderungen sind wichtig für die Gesundheit! Nachdem ich mich im Juni 2015 ausgeheult habe, stand mein Plan fest: Urlaub machen. Ein viertel Jahr über. Sollte reichen. Dann wieder anfangen. Nachdem ich wieder angefangen hatte, „Vollgas“, wie ich wieder wollte (HAHA!), merkte ich ziemlich schnell: Hoppala, das wird nichts. Ok. Dann fing ich mit 10 Stunden an. Von 80 auf 10 Stunden reduzieren sollten doch Wunder wirken, aber das tat es nicht. Was bitte stimmte denn nicht mit mir? Nach einem viertel Jahr Urlaub ging es mir immer noch nicht besser. Das durfte doch nicht wahr sein. Und da wurde mir schlagartig klar: Meine Krankheit konnte nicht (nur) an der Arbeit liegen.

Und so war es auch.

Hier begann nach dieser Erkenntnis.

Mein neues Leben.

Meine Freiheit.

Ich ließ es zu.

Das Schicksal nahm seinen Lauf.

Echt jetzt?!?

Ja, echt jetzt!

Kapitel 3

Meine Männer und ich

Und weil alles so kam, wie es kommen musste, ist folgende Frau aus mir geworden:
Tochter, Enkelin, Schwester, Nichte, Cousine, beste Freundin, Taufpatin, Firmpatin, Trauzeugin. Ich, (Lebens-)Künstlerin. Krebs. Träumerin. Macherin. Burnout-Queen. Chaos-Queen. Stehauf-Queen. *„Die Tochter von die Braun, die eine Ouzo braucht!!!“*, Romantikerin, Freiheitsliebende, Geborgenheitssuchende, Verrückte. *„Das Gegenteil normaler Frauen“*. Wurde mir gesagt.

Sabrina, chaotischer Herzmensch, die vier verschiedene Esszimmerstühle und eine Kaffeemaschine im Schlafzimmer hat. Die gern

Sushi im Bett isst, sonntags um 13 Uhr mittags frühstückt und ihren Schnaps gerne aus Eierbechern trinkt. Die auf dem Esstisch das Büro aufschlägt und ihren Weißwein gerne aus Rotweingläsern trinkt. Eine Frau, die ihren Kaffee, wenn es sein muss, mit ihrem Lidschattenpinsel umrührt. Eine Frau, die ihre Nudeln gerne aus der Müslischüssel isst. Eine Frau, die viel Schlaf braucht. Aber hey, man kann Berge versetzen, wenn man aufwacht! Darum: Lasst mich schlafen, wenn ich müde bin!!!! Ich bin ein Mensch, mit dem man Pferde stehlen kann! Eine Frau, die an Horoskope glaubt. Und an Glückskekse, an Einhörner, an Träume, an Zeichen, an mein Gefühl, an meinen Kompass im Herzen. Ich kenne da einen kleinen Jungen, einen Wirbelwind. Wenn ich bei ihm bin, will er mit mir einen Bahnhof bauen. Dann fällt ihm dazu ein, dass eine Bushaltestelle auch nicht schaden könnte. Und kurz drauf beschließt er, dass die

Feuerwehr am Bahnhof auch noch nützlich sein könnte. Warum nicht??? „*Auf Gleis 1 fährt ein, bitte alle einsteigen!!!! Achtung, der Bus kommt!!!*“ Und zu guter Letzt: „*Tatüüütattaaaaaaaa, die Feuerwehr ist da!!!*“ So können Sie sich mein Leben vorstellen. Alles auf einmal bitte.

In meinem Fall läuft es stets so ab:
Ich brauche die Geborgenheit, kann aber ohne Nervenkitzel nicht leben. Da gibts so
unendliche Höhen und so furchtbare Tiefen. Endlose Lachanfälle bis hin zu regelrechten Wut-Explosionen. Ich bin sehr vernünftig und gleichzeitig ein chaotischer Herzmensch, der äußerst fragwürdige Entscheidungen trifft. Ich kann in mir ruhen und bin rastlos zur gleichen Zeit. Meine Freunde könnten alle unterschiedlicher nicht sein und ich liebe sie alle. Meine Blickfang-Mädels waren auch ein kunterbunter Haufen. Auch alle Liebesangelegenheiten in meinem

Leben hätten gegensätzlicher gar nicht mehr sein können. In meiner Familie hat auch jeder seine Eigenart und ich möcht keinen Einzigen von ihnen missen. Bier oder Wein? Nehm ich beides bitte. Sneakers oder Pumps? Launenabhängig. Ich bin entweder 10 Minuten zu früh oder komm eine Stunde zu spät. Absolut hinreißend bezaubernd sein oder eine grantige unausstehliche Pissnelke sein? No Problem. Auf der Ameisenstraße im Outback oder im geilen Kingsize-Bett aufwachen? Hat beides was. Ein teures Steak oder ne fettige Currywurst in der Schinkenstraße? Beides leider geil! Bis in die Morgenstunden um die Häuser ziehen oder abends um kurz vor 20:15 auf der Couch einduseln? Auch beides geil!!! 10 mega Ideen an einem Tag oder eine Woche gar nichts auf die Reihe bekommen? Schaff ich. Ich kann einen Menschen lieben und ihn gleichzeitig hassen. Lokalrunde auf mich oder 3. Mahnung? Beides schon vorgekommen. Alles geil oder alles direkt scheiße finden? Alltag bei mir! Mutig wie ein Löwe oder ängstlich wie ein Reh sein? Kann ich. Ich bin eine Frau, die ganz viel Führung braucht, aber auch ganz viel Luft zum atmen. Ich bin eine Frau, die alles allein schaffen will, aber nicht will, dass sie alles allein schaffen muss. Ich kann laut Mann eine Schmusekatze sein, aber auch *„ein herzloser Tiger mit Riesenkrallen!!!“* Meine Freundinnen behaupten, ich würde den Männern die Herzen brechen und sie verrückt machen! Ich behaupte, es ist genau anders herum! Die machen mich alle verrückt, irre und treiben mich tagtäglich in den Wahnsinn, auch wenn die Männer mich seit Jahren mit der Behauptung langweilen, ICH würde SIE in den Wahnsinn treiben! Ich halte das für ein Gerücht! Ich vermute ja, der Grund dafür ist, dass mein Papa die Latte einfach zu hoch gelegt hat! Das ist in Wahrheit das Problem!!! Mein Papa ist so ein perfekter Papa, dass mir einfach kein Mann gut genug ist!!! Ich werde immer gefragt, wo ich diese Wilden finde. Hallllloooo, ich habe keinen einzigen von diesen Chaoten gesucht!!! Die finden mich! Keine Ahnung, wo die mich immer aufgabeln! Na gut, ich hatte schon echt äußerst fragwürdige Exemplare im Sortiment. So welche, die das absolute Gegenteil von mir waren. Eine Freundin fragte mich mal: *„Sabrina, wie soll das denn bitte gehen? Ein Nicht-Trinker und eine Fast-Alkoholikerin?“* und Recht hatte sie, hat nicht funktioniert. Wenn ich eines an Männern nicht mag, sind es Spießer, die dich beim zweiten Glas Wein schon blöd anschauen. Da sind mir Männer lieber, die mich fragen: *„Was, kein Wein heut? Bist du krank? Muss ich mir Sorgen machen?“* Einmal hatte ich einen Mann, der an mir herum moserte, aber kein Recht dazu hatte, denn er wollte in meinem Umfeld nicht so recht vorgestellt werden. Das warf ich ihm eines Tages vor: *„Weißt du, bei dir weiß man nie so recht, ob du was lockeres mit* *mir willst oder vorgestellt werden willst oder...?"* *„Oder was? Im Schatten des Verderbens stehen willst???"* Im Schatten des Verderbens...geht's noch? Immer und immer reden mir die Männer ein, ich würde sie wahnsinnig machen. Wegen mir hätten sie ihre grauen Haare und ihre Falten. Mein Papa stellte mir mal die Frage: *„Wos machst'n du eigentlich mit deine Männer??? Der oane fliagt nach Thailand, da ander nach Neuseeland, da nächste wahrscheinlich auf'n Mond!!!!!"* Früher dachte ich mir bei ein paar meiner Lieblingsfilme immer: WAS FÜR SCHLAMPEN!!!!! Wer hat sich denn diese Story ausgedacht?!? Mmmmh, heute denke ich mir: DAS KÖNNTE AUCH MEIN LEBEN SEIN. Nicht, dass ich mich selber als Schlampe bezeichnen würde. Eine Schlampe ist in meinen Augen etwas ganz anderes. Ich bezeichne mich da eher als GENIESSERIN. Oder FRAU MIT GEWISSEN VORZÜGEN. Da fällt schon mal ein Satz wie: *„Was?!? Mit dem dirty Harry willst du jetzt echt mitgehen?!? ECHT JETZT?!?“* Oder um es in den Worten meiner Oma zu sagen: *„Und mein Kind, wie geht´s dem? Wie geht´s dem? Und wos macht der überhaupt so? Mein Gott, bis man bei dir olle durch hot, do werd ma ja nicht mehr fertig!“* Sie hat sich mittlerweile an meinen Lebensstil gewohnt. Genauso wie an meine *(„greislige!/hässliche!“)* Überwurfdecke im Schlafzimmer. Wann das alles aus dem Ruder gelaufen ist und irgendwann nur noch im dramatischen Chaos endete, kann ich Euch gar nicht so genau sagen. So ab meinen 30ern. Für eine Frau 30 zu werden, kann zwei Auswirkungen haben. Zum einen: *„Oh, ok, ich bin 30. Endlich. Alles „wichtige“ noch rechtzeitig erreicht. Haus, Ehemann, 2 Kinder, Ende. HERZLICHEN GLÜCKWUNSCH!!!!! Mein Leben ist zu Ende!“.* Und dann gibt es die andere, meiner Meinung nach, sinnvollere Auswirkung: *„Oh, ok, ich bin*

30. Hey, geil, 30 ist ein seeeeehr geiles Alter!". Vor allem dann, wenn man noch nicht verheiratet ist und keine Kinder hat, weil man sich bewusst dagegen entschieden hat. Oh je, ich hör mich wieder an wie eine Kinderhasserin. NEIN, ich bin das Gegenteil. Ich liebe Ihre Energie, Unbeschwertheit, ihr Tun, ihre Neugier und direkte Art. Ich habe viele Babys und Kinder um mich herum. Ich liebe auch die Abende mit meinen fantastischen Mami-Freundinnen, wenn wir uns erstmal über deren und mein Leben auskotzen, wir uns alles von der Seele reden können und dann erst zu den erfreulichen Themen kommen, wie z.B. einem Riesen-Eisbecher für´s Kind vor´m Fernseher, damit eine meiner Ladys ungestört ihr Liebesleben pflegen kann. Oder wir analysieren auch gerne das nicht nach Farben geordnete Knetsystem der Kinder, was eine meiner anderen besten Freundin zur Weißglut bringt. Die eine schlägt beim

Ausverkauf zu und bestellt einen Staubsauger, ich hingegen bestelle Kondome, die um 40% reduziert sind! Die eine will unsere Meinung über eine Kinderhandtasche hören, ich dagegen habe vor einer Stunde einen erotischen Adventskalender mit Sexspielzeug bestellt. U.a. einer schicken Augenbinde, die ich gerne beim Frühstück Probe trage. Meine Mädels stellen gerne Bilder ihrer Kids in ihren Status, ich hingegen gerne Ausschweifungen der letzten Saufkoma-Nacht. Sehr beliebt sind auch Gesprächsthemen wie Details meiner Absturz-Wochenenden. Bei mir kann´s schon mal (sehr selten!!!) passieren, dass ich morgens mit einem Dozenten der Universität aus Düsseldorf in einem Ingolstädter Hotel aufwache, obwohl der Terminkalender voll ist und ich mich im Anschluss mit drei Kopfschmerztabletten vollpumpen muss, um den Tag zu überleben. Es kommt auch vor, dass man auf meinen Feiern einen Tisch für meine

„Ehemaligen“ eröffnen will. Wie Ihr merkt, ich verstehe mich auch mit all meinen Ex-Männern bestens! Weil meine Männer und ich nicht nur unser Liebesleben pflegten, sondern auch schon immer die Freundschaft zueinander. Oder auch ganz nett war die Geschichte, als ich mit meinen 31 meinte, ich müsste mir von einem 22-jährigen Fußballer schöne Augen machen lassen und bei Sonnenaufgang mit 3 Promille im Gesicht irgendwo auf dem Nachhauseweg zu meinem eigentlichen damaligen Liebhaber rumknutschen. Der 22-jährige Fußballer war übrigens ein Freund meiner Affäre. Äußerst grandios war auch jene Nacht, in der ich mit einem 19-jährigen in einer Disco Salsa tanzte (also wir haben´s versucht) und der mich bei Sonnenaufgang händchenhaltend in eine Absturzkneipe lotste. Auch in dieser Zeit war ich vergeben und forderte meine damalige Affäre morgens um 7 auf, uns (meine Freundin *Marcy* und mich) gefälligst abzuholen und heimzubringen! Pure Begeisterung. Marcy war da bereits verheiratet. Die wiederum turtelte mit dem liebsten Kellner des Westens, der wiederum kurz darauf heiratete. Eine Bombennacht sag ich Ihnen. Es waren wilde Zeiten. Das lag am *„wilden Westen"* der Stadt, in dem ich wohnte. Besonders gerne erinnere ich mich an den hübschesten Mann, mit dem ich mich je amüsiert habe. Ein türkischer Münchner mit Augen zum Dahinschmelzen. Ich denke heute noch an sein Appartement, bei dem man am nächsten Tag von seinem damaligen besten schwulen Freund eingesammelt wurde. Dann dämmert da irgendwo noch ein Jurist aus München, ein RiesenARSCH an dieser Stelle! Das war der einzige Mann, der mich jemals wie eine Schlampe fühlen ließ. Meine beste Freundin muss manchmal nachfragen, von wem genau wir gerade reden, da sie mittlerweile etwas durcheinander kommt und sagt immer: *„Ein Psychopath mehr oder weniger fällt auch nicht* *mehr auf!*" Denn ich ziehe immer äußerst spezielle Männer an. Ja, nennen wir sie speziell. Mit einem Sprung in der Schüssel. Aber alle sehr liebenswert. Alles liebenswerte Chaoten! Sogar ein österreichischer Hotelier bemerkte das: „*Mädl, Sie hom wohl a kloans (ein kleines) Männerproblem, ha???*" Und das nur, weil mir das Geburtsdatum meines Mitreisenden entfallen ist. Eine besonders schöne romantische und verrückte Zeit hatte ich mit einem Teil der Crew vom Kreuzfahrtschiff, auf dem ich mit meiner Oma on Tour war. Er war Bulgare und hatte ein sehr zuvorkommende Art. Oma liebte ihn. Er zeigte mir Budapest bei Nacht inkl. Spaziergang im Regen und die beste Insider-Crew-Bar mit Live-Musik. Und im Frisörsalon nachts an Bord war´s auch sehr nett. Oma konnte erst schlafen, als er mich wieder heil auf meine Kabine zurückbrachte. Meine Oma fragt mich immer, mit welchem Mann ich glücklicher bin. Und diese Frage ist echt schwer zu beantworten, denn ich war mit allen von ihnen (außer mit dem RIESENARSCH-Juristen aus München!) auf irgendeine Art und Weise glücklich. Meine Lieblings-„*Ju*“ aus München warnt mich immer, ich solle aufpassen, dass ich mit meinen Männern nicht irgendwann über meinem Kronleuchter im Wohnzimmer hänge. Denn zwischen all diesen Eskapaden taucht da immer wieder ER auf, der 2015 in mein Leben gestolpert ist und alles durcheinander gebracht hat. Aber in meinem Buch werde ich Dir nicht nur von IHM erzählen, sondern auch über meinen Lebensretter, dem ich auf meinem Jakobsweg begegnen sollte, der mich an meinen Wert als Frau erinnert hat und mir wieder den richtigen Weg gezeigt hat, nachdem ich mich verloren hatte. Und falls Du Dich irgendwann nicht mehr auskennst, denk Dir nichts dabei, so ging es mir die letzten drei Jahre auch! Auch meine Mädels und Familie haben oft den Faden verloren und mussten des Öfteren nachfragen, von wem ich gerade erzähle.

Echt jetzt?!?

Ja, echt jetzt!

In dieser Zeit sind die Zeilen, die ich

„Die Eine.“ nenne, entstanden:

„Ich mag´s nicht, wenn Männer zu etwas gemacht

werden, was sie nicht sind und

im Herzen niemals sein werden.

Ich brauche einen Mann mit einer Meinung.

Mit einem Sturkopf. Mit einem extrem großen

Sturkopf. Mit Explosionsgefahr.

Mit einer Sprache, die nur zwei verstehen.

Mit endlosen Diskussionen.

Diskussionen, die ich manchmal absichtlich

hervorrufe, nur um einen Mann zu ärgern.
Liebe ist vielseitig. Liebe hat viele Formate.
Liebe kann alles.
Liebe soll sich jeden Tag neu erfinden. Liebe soll
jeden Tag zeigen, was sie kann.
Liebe ist, was sie ist.
Nicht, was sie sein könnte.
Täglicher Zwiespalt zwischen
Alles für´n A…? oder Alles, was ich für die Liebe
und aus Liebe tue, lohnt sich???
Eine Antwort habe ich noch keine.
Ich lasse es Dich gerne wissen, wenn ich eine
habe! Aber was ich weiß, ist folgendes:
Ich träume von dieser Liebe:
„Was? Die sind immer noch zusammen???“.
Die Liebe soll jedem Menschen das geben,
was er braucht.
Menschen dürfen sich gegenseitig nichts
wegnehmen, was sie ausmacht.
Und was sie brauchen. Sei es noch so

unverständlich für den anderen.
Ich träume von einer Liebe, bei der ich
DIE EINE bin.
Jede Frau will DIE EINE für einen Mann sein.
Was ich mit dieser einen meine,
will ich erklären.
Die Eine, die anders als jede andere ist
und genau so sein will.
Die Eine, auf die man sich verlassen kann, auch
wenn´s einen Tag
zuvor ordentlich gekracht hat.
Die Eine, die gebraucht werden will.
Die Eine, die sich hingibt und manchmal fallen
lassen will.
Die Eine, die ihre Probleme um sich herum
einfach mal ruhen lassen will.
Die Eine, die schon hundertemale auf die
Schnauze geflogen ist, sich die Knie aufgeschürft
hat und trotzdem weiter läuft.
Weil es in ihrer Krebs-Natur liegt.

Die Eine, die gar nicht anders kann und
gar nicht anders will.
Das wäre dasselbe, dem Kind zu sagen, es soll die
Katze nicht am Schwanz ziehen!
Die Eine, die sich einredet, es sei 10 vor 12. In
Wirklichkeit ist es aber 5 nach 12!
Die Eine, die erst das Schlechteste und dann das
Beste an einem Mann
sichtbar machen will.
Die Eine, die manchmal knallhart ihre Meinung
raus haut, es aber niemals böse meint.
Die Eine, die gerne in den Wahnsinn treibt, aber
genauso gerne in den Wahnsinn
getrieben werden will.
Die Eine, die es liebt, ab und an den Abgrund
getrieben zu werden.
Nicht, weil sie springen will oder es jemals tun
würde. Sondern weil sie fliegen will.
Die Eine, die einem nah sein möchte und doch
manchmal unnahbar.

Die Eine, die einem ähnlich ist und
doch so anders.
Die Eine, die keine Pflaster über Probleme kleben
möchte, sondern echten Wandel sehen möchte,
möge es noch so schmerzhaft sein und noch so
lange dauern.
Die Eine, die nicht weniger verrückt sein möchte
als DER EINE.
Der Eine, der Chaos anrichtet
anstatt Normalität.

Der Eine, der auf deinem Kissen schläft, weil es
nach deinem Parfüm riecht.

Der Eine, der alles und nichts ist.

Der Eine, der nicht alle Tassen im Schrank hat.

Der Eine, der uninteressant wäre, wenn du ihn
wie ein offenes Buch lesen könntest.

Der Eine, der ein Kreuzworträtsel ist.

Der Eine, der unnahbar wird, ehe er jemals für
eine Frau zum Spatz in der
Hand werden würde.

Sonst würde er ja der werden, den Frau hat und
nicht mehr der, den Frau will.
Die Kunst bei DER EINEN UND DEM EINEN
im Leben besteht darin,
sich zu wollen, obwohl man sich hat.

Der Eine, der dir den Atem raubt.
Und viel zu oft den Verstand.
Der Eine, auf den du dich verlassen kannst.
Immer.

Der Eine, der dich nicht festhält.
Der Eine, der dich nicht loslässt.
Der Eine, der niemals damit aufhören soll, mich

betrunken zu machen,
obwohl ich nüchtern bin.
Der Eine, der mich erfüllt, obwohl er mich für immer frei sein lassen wird.

Der Eine, der wie ich ist.
Der Eine, bei dem ich alles sehe.
Der Eine, bei dem ich nichts sehe.
Der Eine, ohne den alles nichts ist.
Der Eine. Der. Und kein Anderer."

Kapitel 4

Der Zufall und mein Schicksal

„Du Mama, ich habe letztens einen interessanten Artikel gelesen. Und zwar ging es darum, wie sehr das Liebesleben der Eltern das Beziehungsleben derer Kinder beeinflusst.“ Wissen Sie, was ich von meiner Mama zur Antwort bekommen habe? Folgendes: ***„UPS!“*** Ja ups! Hoppala! Oder wie meine Ex-Lieblingsauszubildende sagen würde: *„OHA!“* Aber egal, ob *Ups, Hoppala* oder *Oha*...wie wahr, wie wahr...an dieser Stelle will ich betonen, dass ich alles, was ich über die Liebe weiß, von meinen Eltern weiß und ich es mir natürlich abgeschaut habe. Es wurde mir in die Wiege gelegt.

Er war einer dieser Männer, von denen man bestimmt mal gehört hat. Vielleicht aus einer Serie. Vielleicht aus einem Song. Von der Art

Männern weiß man von Anfang an, dass sie komplett einen an der Waffel haben! Und man fragt sich, ob die Frauen in diesen Serien auch einen an der Waffel haben?!? Dass sie sich auf solche Männer einlassen und so ein Drama mitmachen. Sind diese Frauen von vorneherein bescheuert oder werden sie es durch die Männer? Ja, ich weiß, es sind Serien. Aber wisst ihr, dass solche Serien meist auf wahren Begebenheiten beruhen und dass sie meist immer von Männern geschrieben wurden????? Das sagt mir, dass Männer viel komplizierter als Frauen sind! Hält uns Frauen das ab? NEIN! Richtig, im Gegenteil! Es zieht uns magisch an! Also mich zumindest. Warum? Im Nachhinein betrachtet, lag es wohl daran, dass er nicht zu haben war. Er war einer dieser Männer, die dich auf gar keinen Fall halten wollen, die dich aber auch irgendwann nicht mehr ganz loslassen können oder wollen. Ich frage mich jeden Tag: *„Sabrina, wenn du damals einen Trailer* *gehabt hättest, hättest du mit ihm getanzt?"*. Und meine Antwort lautet jeden Tag ganz klar. JA. Natürlich hätte ich. Denn ich wollte schon immer so einem Mann begegnen. Solche Männer kann man eigentlich nicht beschreiben. Man sollte mit seinen Wünschen vorsichtig sein. Na gut, also es war am 10. Oktober 2015. Ich befand mich in der beschissensten Zeit meines Lebens. Ich hatte mir meine Burnout-Erkrankung ja bereits eingestanden. Ich wusste nur noch nicht genau, an was es lag. Ich fühlte gar nichts mehr. Ich sah mich in einem Loch, aus dem ich nicht mehr herauszukommen schien. Ich hatte keine Kraft mehr. Es brach alles und noch mehr zusammen. Ich war 29. Vor der Trennung vor meinem Exfreund dachte ich mir oft: *„Ja sag mal, Sabrina, bist du noch ganz dicht????? Du hast einen wunderbaren Freund, heirate doch endlich, bau doch endlich ein Haus, bekomm doch endlich dein erstes Kind, du bist 29!!!!!!!!"* Und was mach ich? Ich bin gegangen. Wir lebten schon viel zu lange aneinander vorbei, alle wissen, was das heißt, wir hatten uns nicht mehr wirklich viel wichtiges zu sagen, haben uns wenn dann nur angegiftet, im Schlafzimmer hatten wir uns schon gleich gar nichts mehr zu sagen, viel zu lange. Also im Bett lief quasi 0,0 mehr. Heute denke ich mir, puuuuh, wie ungesund. Versteht mich bitte nicht falsch, ich bin keine Schlampe und keine Sexbesessene, aber Sex gehört einfach dazu. Sex ist wichtig! Jesus, wenn meine Oma das liest, wird sie bestimmt sagen: *„Na na na, des Kind....!“*. Oma fiel die Trennung auch schwer, denn für sie, wie für uns alle, war er Teil meiner Familie geworden. Oma grübelte, woher er denn jetzt seine heiß geliebten Rouladen und Knödel, die er über alles liebte, herbekommen sollte. Meinen Papa höre ich schnaufen, meine Mama und meine besten Freundinnen höre ich lachen. Es ist so. Sex ist wichtig! Und guter Sex ist unbezahlbar. Und lebensverändernden Sex, den, naja, den hat man nur mit solchen Männern, wie ich ihn einst im Oktober 2015 kennengelernt habe. Lag es vielleicht nur an unserem Sexleben, dass es mich so lange hielt bei ihm...? Nein! Definitiv nicht. Also ja, vielleicht ein bisschen. Er hat´s oft geschafft, dass ich danach oder währenddessen in einer anderen Galaxie schwebte, aber mal abgesehen davon war er einfach ER. Er war einfach immer ER. Und das gefiel mir so. Im Sternzeichen war er ein Fisch. Wisst ihr, was meine Horoskopen-Expertin-Freundin über die Fische sagt? *„Der Fisch wird glitschig, wenn man versucht, ihn zu packen!"* Echt jetzt?!? Ja, echt jetzt!!! Ich habe den ein oder anderen Fisch um mich herum und ALLE sind sie gleich!!! ALLE!!!!!!!!!!!! Ich bin ein Krebs. Wisst ihr, was sie über den Krebs sagt? *„Der Krebs und der Fisch sind nicht kompatibel, es knallt!!!!!!!!!!!! Aber ihre Begegnungen sind immer schicksalhaft!"* Supi! Und: *„Der Fisch und der Krebs* *ziehen sich magisch an!*" Noch mehr supi! Ich schweife ab. Also: kommen wir zu jenem Abend am 10. Oktober 2015. Nein Moment, ich muss 3 Wochen vorher anfangen. Ich saß mit meiner Mama, der Cousine meiner Mama und ihrem Freund am Ballermann. Alljährliches Familienritual. Wo war Papa da eigentlich? Keine Ahnung, entweder im Krankenhaus in Palma (ja, da hat er´s auch schon hin geschafft, ich sag´s ja, mich wundert gar nichts mehr!!!) oder ich glaube, er war zu dieser Zeit in Mexiko. Oder war er da vielleicht grad auf einem Hotelgang in Brüssel? Egal. Zurück zum Ballermann. Anfang Oktober 2015. Ich war sehr traurig. Sehr. Dabei, bei ein paar Bierchen und Longdrinks im in der Schinkenstraße Lösungsstrategien raus aus meinem Burn-out zu finden und war mir nicht ganz sicher, wie es weiter gehen soll. Ich wusste gar nichts. Weniger wie nichts. Die Cousine meiner Mama kam mit folgendem grandiosen Vorschlag daher, weil sie es gut meinte und mich einfach nur von meinem Chaos ablenken wollte. Dass sie mein Chaos dadurch in Wirklichkeit noch schlimmer machte, war ihr zu diesem Zeitpunkt NOCH NICHT bewusst. *„Du Sabrina, komm, lenk dich doch ein bisschen ab, wenn wir wieder zuhause sind! Wir und noch ein paar andere machen bald einen Tanzkurs und ER, unser Arbeitskollege, der will auch mitmachen, aber der sucht noch eine Tanzpartnerin! Der ist ganz harmlos, das ist ein ganz ein Netter!!! Der hat eine Freundin, aber die ist grad in Mexiko und drum sucht er eine Tanzpartnerin!"* Sehr gut, denn er wusste zu diesem Zeitpunkt noch nichts von einem geplanten Tanzkurs. Ihm haben sie nämlich das gleiche in grün erzählt, nur andersrum, wie sich ein paar Wochen später heraus gestellt hat! ICH würde unbedingt einen Tanzpartner suchen!!! Meine Antwort damals: *„Zeig mir mal ein Bild!"* Sie zeigte mir ein Bild von ihm. Mmmmmh, gefällt mir. Was für ein schöner

Mann. Genauso hatte ich mir immer meinen Traummann als Teenie vorgestellt. *„Ne, sorry, ich hab jetzt keinen Kopf für einen Tanzkurs!!!!!“* Meine Mama verriet mir ein paar Tage später: *„Ich habe das Bild gesehen und den Namen gehört und mir hat´s alle Haare aufgestellt!!!“* Sie hat wohl das Unheil gespürt. Meine Mama hat auch schon immer das Unheil in allen Kinder-Filmen gespürt, bevor überhaupt irgendetwas passiert ist! Nicht, dass sie ihn auf Anhieb nicht mochte, sie kannte ihn ja nicht, aber sie spürte einfach immer alles vor mir. Meine Mama und ich sind bekannt für unser „Gefühl“. Ich fühle Dinge, bevor sie passieren. Ich weiß oft nicht, was passiert, aber ich spüre es einfach, dass etwas passiert. Und bis jetzt hatte ich meist immer recht damit. Damals muss ich aber ehrlich zugeben, als ich das Bild von ihm gesehen hab, fühlte ich noch nichts, außer dass mich ein warmes Gefühl umgab. Aber ich dachte, es lag an der zweiten Maß Wodka-Lemon. Heut weiß ich, dass es nicht am Wodka-Lemon lag, sondern daran, dass in meinem Unterbewusstsein die Weichen neu gestellt wurden. Wie ihr seht, oft hat man selbst gar keinen Einfluss darauf. Es passiert einfach. Ob man will oder nicht. Man sagt, es gäbe keine Zufälle. Es fällt einem Menschen nur das zu, was (über)-fällig ist. Und dieser Mann war fällig für mich. Er war dringend notwendig in meinem Leben! Ob ich in seinem notwendig war? Ganz klar: JA! Auch wenn er das nicht gerne hört. Er glaubt nicht ans Schicksal. Ein Mann eben. Naja, Tanzkurs abgelehnt, Ballermann überstanden, mehr oder weniger, zurück in den Alltag, in dem alles zum Kotzen war. Immer noch dabei, mich irgendwie am Leben zu halten, jeden Tag zu überleben und immer noch nach einer Lösung zu suchen. Es kam der 10. Oktober 2015. Eine Woche zuvor, kurz nach meinem Urlaub hatte ich ein Gespräch mit meinem Exfreund. Wir heulten, wir wussten beide nicht, wie unser Leben weiter gehen soll. Er überließ mir die Entscheidung. Einen endgültigen Schlussstrich bekamen wir beide nicht über's Herz. Ihm tat es zu weh, eine zu treffen. Ich wusste es nicht. Ich war hin- und hergerissen. 8 Jahre will man nicht wegwerfen. Ich ließ die Tage vergehen und stürzte mich in die Arbeit. Am Samstag war dann das alljährliche legendäre Weinfest in einem kleinen Kaff im Nirgendwo in der Nähe von Neuburg an der Donau. Ich hatte an diesem Tag eine Hochzeit zu fotografieren. Bis 18 Uhr abends. Ich war eigentlich eh schon viel zu spät, ich war kurz vor'm absagen, aber irgendetwas zog mich magisch zu diesem Weinfest. Irgendetwas zog mich in meine Lederhose. Ich rief meine Oma auf dem Heimweg von der Hochzeit an, ob sie mich doch bitte abholen könnte und dorthin fahren könnte. Papa konnte nicht (Mexiko) und Mama auch nicht (hat sich auf Malle den Ischias-Nerv eingeklemmt, Malle-Doc war auch da. Also, Oma holte mich ab. Bei Beffi. In dieser Zeit wohnte ich immer noch bei ihr. Beffi konnte mich wegen einer Fußverletzung nicht fahren. Bock auf das Weinfest hatte ich gleich 0. Aber ich kam nicht aus. Ich weiß bis heute nicht, warum. Ich fühlte mich nicht gut, ich war nicht gestylt, wie man es gewohnt war von mir für so ein Fest. Aber etwas in mir sagte mir: *DU MUSST DA HIN!!!!!!!!!!!* Na gut. Oma prophezeite mir im Auto: *„Du, mei Kind, die wollen dich heute verkuppeln! Mit einem Arbeitskollegen."* Dachte ich mir eh schon lange. Doch das lustige: die Cousine meiner Mama wollte mich an diesem Abend mit einem ganz anderen verkuppeln!!! Ich lache heute noch!!! Hahaha!!!!!!!!!! Oma: *„Also mei Kind, vui Spaß, amüsiert euch gut, lass Dir gut geh'n!"* Ich stieg aus, *Bussi an Oma, DANKE Oma*, ich ging zum Eingang, ich betrat das Zelt mit vornehmer zweistündiger Verspätung, in dem das Weinfest bereits in vollem Gange war. Ich suchte kurz, ich ging geradeaus. Ich sah sie alle rechts der Bühne. Ich saß mich an den Tisch. Ich begrüßte alle und dann...dann sah ich IHN. Da war ER. Live und in Farbe. Mein Tanzpartner. Es traf mich wie der Blitz. Aus und vorbei war's. Er schlug wie eine Bombe in mein Leben. Er sah unverschämt gut aus. Saublöd sag ich euch, wenn dein Traummann plötzlich gegenüber von dir sitzt. Sowas von saublöd. Ich war kurz davor, die Cousine meiner Mama darum zu beten, mir nochmal das Foto aus Malle von ihm zu zeigen. Ich hatte ihn irgendwie anders in Erinnerung. Anscheinend war ich damals noch nicht bereit. Aber an diesem Abend war ich es. Ich dachte mir nur: *Oha!!! Hoppala! UPS!!!* Was ist denn jetzt los????? Und ich sah ihm an, es ging ihm genauso/ähnlich will ich nicht sagen, eine Frau übertreibt emotional ja generell immer gerne. Ein Mann ist gar nicht dazu in der Lage, die Gefühle einer Frau nachzuempfinden, aber ich sah es in seinen Augen, ja, es ging ihm wie mir. Wir hatten ab Sekunde 1 eine Bindung zueinander. Das kann er nicht abstreiten. Ich würde meine Hand dafür ins Feuer legen, wenn es nicht so war. Tja, unser Deal war schnell gemacht. Ich suchte einen Raucher mit Feuerzeug. Und er war der einzige Raucher am Tisch, der ein Feuerzeug hatte und mit mir raus zum rauchen ging. Wir kamen schnell ins Gespräch. A Preiß! Ja verdammte Scheiße, jetzt verliebe ich mich als Bayerin durch und durch in einen Preiß, wie soll ich das meiner Oma erklären?????? Dachte ich mir während unserer ersten drei Sätze. Einer Frau ist ziemlich schnell klar, wenn sie dabei ist, sich zu verlieben. Entschuldigung, hallo, ich bin eine Frau!!! Das haben Frauen so an sich!!!!!! In seinem Fall ist es anders. Ich glaube, er weiß, dass er mich als Seelenverwandte nie verlieren wird, denn ich bin ein chaotischer Herzmensch vom allerfeinsten. Ich sag leider viel zu schnell und viel zu oft, wie´s in meinem Herzen aussieht. Und er weiß immer, welche Knöpfe er zu drücken hat. Er weiß immer, auf welche Sätze und Handlungen meine Antennen anspringen. Er weiß es. Für alle Ewigkeit. Aber eben nur dann, wenn er will! Wenn nicht, dann kann er zum bockigen, sturen Kindergartenkind werden. Viel zu lange hab ich da leider mitgespielt. Viel zu oft hab ich mir auf der Nase herum tanzen lassen. Egal, ich schweife mal wieder ab. Dazu kommen wir später. Stichwort tanzen! Bum, zack, so schnell konnte ich gar nicht denken, wollte er testen, wie wir als Tanzpartner zusammenpassen würden. Bum, zack, haben wir getanzt. Ich werde niemals das Gefühl vergessen, das ich an diesem Abend spürte. Ich wusste, ich war aus meiner Vergangenheit heraus gewachsen und bin dabei, die Weichen für meine Zukunft neu zu stellen. Ich fühlte mich frei und unbeschwert. Führen lassen kann ich mich nicht. Nur von meinem Papa. Sonst von keinem anderen Mann. Ich bin nun seit fast 10 Jahren selbständig.

Glaubt mir, das färbt auch in der Liebe ab. Ich liebe ebenso Männer, die selbständig sind, vor allem im Haushalt. Er war einer, der sein Zeug selbst regelte. Der sogar mit gebrochenem Fuß mit Staubsauger durch die Wohnung hüpfte, anstatt sich von mir helfen zu lassen. Ich machte halt dann in der Zwischenzeit ein Foto davon. Ich liebte seine Art, dass er mich nicht weniger wert schätzte, weil ich all das nicht konnte/wollte. Haushalt, kochen, putzen, waschen, bügeln. Letztens hatte ich doch echt eine ernsthafte Diskussion mit einem Mann, der ein Problem damit hat, weil ich keine hausfraulichen Qualitäten zu bieten habe, denn die Frau vor mir hatte anscheinend in ihrer Freizeit nichts Besseres zu tun.

Wir tanzten also und tanzten und tanzten.

Und so nahm der Zufall seinen Lauf und wurde zu meinem Schicksal.

Es kam alles so, wie es kommen sollte und kommen musste.

Echt jetzt?!?

Ja, echt jetzt!

Kapitel 5
Zwischen Freiheit und Wahnsinn

Wir tanzten und tanzten. Er hatte etwas wahnsinnig Freies in den Augen. Etwas Unbeschwertes. Das Verrückte: Ich sah mich in ihm. Deswegen hatte ich auf der Stelle eine Verbindung zu ihm. Außerdem habe ich eine Schwäche für hübsche Männer mit Bart. Das Schönste an meinem Tag war die Monate darauf immer früh am Morgen, wenn er sich für die Arbeit angezogen hat. Er war ein Styler. Das war mein Highlight des Tages. Ich sah ihm so gerne dabei zu. Hemd, Sakko, Lederschuhe. An dieser Stelle würde ich nun gern einen schlemmenden Emoji einfügen. Er war für mich der schönste Mann, den ich kannte. Ich liebte es, ihn beim Schlafen anzusehen. Ich liebte sein Lachen. Ich liebte einfach alles an ihm. Auch seine Fehler. Es gab nichts, was ich nicht an ihm liebte. Na gut, seinen Sauberkeitswahn und seinen Ordnungsfimmel hasste ich. Und seinen Kühlschrank. Und seine Kopfkissen. Und das Geräusch seines Autos. Seinen Frauenverschleiß. Seine panische Angst vor einer Beziehung. Seine dumme Angewohnheit, zehn Schritte vorzugehen, aber dafür irgendwann hundert zurück. In Wirklichkeit war er nämlich nicht der klassische Aufreißer. Eigentlich war er eher ein sehr schüchterner Typ. Ein bodenständiger toller Mensch, auf den man sich immer verlassen kann, zu jeder Tages- und Nachtzeit. Wenn es drauf ankam, war er zur Stelle, egal, wie es gerade um uns stand. Ein Mann, der sich in Wirklichkeit nach Wärme und Geborgenheit sehnt, aber die Angst, die er in sich trägt, die war leider stärker als er und ich. Aber ich will nicht Hobbypsychologin spielen. Letztendlich weiß ich es ja nicht. Ich vermute das alles ja nur. Aber da ist so ein Gefühl in mir, immer noch, dass mir das alles sagt und es sagt mir immer noch, dass aus uns etwas Großartiges hätte werden können, wenn ihm seine Angst nicht im Wege gestanden wäre. Zurück zum Weinfest 2015. Wir tanzten und ich hatte Spaß wie schon lange nicht mehr. Ich hatte das Gefühl, als konnte er in mich hinein sehen. *„Lass doch endlich mal die Zügel los! Ist ja nicht auszuhalten mit dir!“* Wie Recht er doch hatte. Doch ich sollte mit diesem Mann die Hölle auf Erden erleben. Den Alptraum jeder Frau, zu wissen, niemals die Einzige für einen Mann sein zu werden. Wo ist er? Bei welcher Frau ist er? In welchem Bett liegt er? Nie wieder werde ich so etwas mitmachen! Heute muss ich mir ja selber ans Hirn langen und mich fragen, wo mein Verstand in dieser Zeit abgeblieben war. Schlaflose Nächte. Selbsterniedrigung. Nervenzusammenbrüche. Höllenqualen. Es schmerzte unendlich. So sehr, dass ich mich selbst nicht mehr erkannte. Wenn ich nicht wusste, wo er war, drehte ich vollkommen durch! Doch, wenn eine Frau einen Mann liebt, verzeiht sie alles und noch viel mehr. Habe ich gehört. Ich habe ihn geliebt. Vom ersten Moment an. Doch heute...**Heute liebe ich mich mehr.** Und auch das musste ich die letzten drei Jahre schmerzhaft lernen. Ich höre meine beste Freundin gerade jetzt, als ich ihr sagte, dass ich mich auf dem Weinfest unsterblich in ihn verliebt habe und ihr ein Bild von ihm gezeigt habe: *„Bruni, sag mir jetzt bitte nicht, dass der ... heißt!"* Sie kannte ihn aus einer früheren Arbeit und er war recht bekannt. Ihr Blick damals. Unbezahlbar. Das hätte rückbetrachtend die erste Warnung sein können. Eine Woche nach dem Weinfest waren wir in der gleichen Konstellation zusammen essen. Ein wunderschöner Abend. Es lag etwas Neues in der Luft. Was ich die nächsten drei Jahre durchmachen sollte, war mir an diesem Abend noch nicht bewusst. Wir zwei blieben bis zum Ende alleine an der Bar. Diese Nacht verbrachte jeder bei sich zuhause. Er hatte ja eine Freundin in Mexiko. Vergebene Männer waren bis dato tabu für mich! Doch diesen Mann musste ich haben! Um jeden Preis! Koste es, was es wolle! Ich erkannte mich selbst kaum wieder! Was war denn nur los mit mir? Aber ich fühlte mich so unglaublich gut. Frei. Wild. Einen Tag später war ich auf einem Klassentreffen. Wir schrieben uns den ganzen Abend über. Am nächsten Morgen, am Sonntag, verabredeten wir uns zum Frühstücken bei ihm. Wir waren beide nicht geübt darin, deshalb bereitete mir meine Beffi einen Frühstückskorb vom Allerfeinsten zu. Ich selbst wäre sowieso nicht in der Lage gewesen, da ich noch ca. 2 Promille im Gesicht vom Klassentreffen stehen hatte. Ich fuhr also mit meinem Frühstückskorb zu ihm. Ich sehe mich heute noch einen Parkplatz suchen und mich fragen, was zur Hölle ich da überhaupt mache. Ich fahre sonntags zum Frühstück zu einem vergebenen Mann. *Bravo! Sabrina, geht's noch??? Echt jetzt?!? Muss das sein?* JA, es musste sein! Ich sehe mich heute noch an der Haustür klingeln. Ich sehe ihn heute noch die Tür öffnen. Ich rieche heute noch den Geruch in seiner Wohnung. Ich sehe mich heute noch die Wohnung betreten. Ich blicke nach rechts in ein Gästezimmer. Auf dem Boden stand ein Spielzug. Ich dachte mir: *„Schöner Zug!"*. Mehr nicht. Wir frühstückten in seiner Küche. Mit Kerze am Tisch. Das war übrigens das einzige Mal in 3 Jahren! Nach ungefähr 15 Minuten erwähnte er so NEBENBEI, dass er Papa ist. Natürlich ist die Mama nicht die Frau, die zu dieser Zeit in Mexiko saß. Ich war wohl leicht geschockt, denn meine Reaktion darauf war *„Bitte was??? Echt jetzt?????"*. Jetzt hatte ich mich in einen Mann verliebt, der kein Bayer ist. Dazu vergeben. Und tadaaaa: Ein Kind ist auch noch da. Ich hörte meine Oma jetzt schon, wie sie neben mir beim Frühstücken saß und mich schimpfte. Sein Kind, versteh mich bitte nicht falsch, war nicht das Problem!

Sondern das Problem war, dass ich sofort merkte, dass er keine Bindung zu seinem Kind hatte.

Woran ich das merkte?

In seiner Wohnung konnte ich Bilder sehen mit unwichtigen Hochzeitsdankesworten. Jedoch kein einziges Bild von seinem Kind. Aber niemals im Leben hätte ich gedacht, dass ich einen Mann kennenlernen würde, der bereits Papa ist. Und tadaaaaaaaa: natürlich kannte ich sein Kind. Ich hatte es mal im Kindergarten fotografiert. Ein zuckersüßes Kerlchen. Wie sein Papa. Einfach zum Anbeißen! Selbstverständlich kannte ich die Mutter dazu auch. Bingo. An dieser Stelle fällt mir folgende Situation ein. Wir beide liegen an einem Sonntag im Freibad. Ich machte grad einen großen Schluck von meinem kalten Bier. Hinter mir eine Kinderstimme: *„Hallo, Papa!!!“* Ich, kurz vor´m verschlucken, drehte mich um, lachte das Kind an, sagte *„Hallo!“*. Kinder lieben und vergöttern mich in der Regel! Aber den Blick von seinem Kind in diesem Moment, den werde ich nie vergessen. Der verfolgt mich heute nachts sogar noch. Da war alles dabei: von Eifersucht bis hin zu *„Was zur Hölle machst du hier bitte mit meinem Papa, du blöde Kuh??????“*. Naja, trotzdem habe ich es nach drei Jahren immerhin geschafft, dass er zwei Bilder von seinem Kind in der Wohnung hat. Denn die Ironie des Schicksals war, dass die beiden sich so sehr ähnelten. Nach unserem Frühstück saßen wir uns kurz auf seine Couch, nachdem wir eine rauchten. Danach fuhr er zum Fußball und ich „heim“ zu meiner Beffi. Sie war natürlich schon ganz gespannt und wartete im Wohnzimmer! Alle wichtigen Dinge besprechen wir immer auf ihrer „Therapie-Couch“. Sie: *„UND??? ERZÄHL!!!!“* Ich: *„Ähm, stell dir vor, der ist Papa!“ Sie: „Puuuuh, i her d'Oma jetz'scho!!! („Puuuuh, ich höre die Oma jetzt schon!“)“*. Zwei Tage später folgte ein „DVD“-Abend! War der Plan. Sabrina besorgte vom ausgewählten Film aus Versehen den ersten Teil des dritten Teiles davon. Und nicht den ersten Teil von drei Teilen. Ich hab beim ersten Satz schon nichts gecheckt. Nachdem wir uns natürlich irgendwann zusammen kuschelten, kam eines zum anderen. Nein stop, kam es nicht, denn an diesem Abend hörte ich zum ersten Mal seinen Lieblingssatz: *„Ich will, aber ich kann nicht!“* (Eigentlich hätte das der Buchtitel werden sollen!). Mein absoluter Lieblingssatz meiner Top 10 Liste von ihm. Nachdem er mich 5 Minuten darüber aufklärte, wie er ist und ich mich besser von ihm fernhalten sollte, er mich sooooo gern mag blablabla, er ein riesengroßer Idiot sei blablabla, ich ihn nicht annähernd einschätzen könnte (womit er Recht behalten sollte), er nicht gut für mich sei, etc. etc. etc., er mich heimschicken wollte, erst dann kam eines zum anderen. Einerseits zog er mich von der Couch und wollte mich Richtung Tür bringen, andererseits lag er sich im selben Moment auf mich, sah mich an, nahm mein Gesicht in seine Hände und küsste mich. Puuuuuuuh. Ich war in der Zukunft angekommen. Aber sowas von. Ironischerweise auch der Held meiner Kindheit mit dem DeLorean an diesem Tag. Hallelujah. Das konnte kein Zufall sein. So wurde ich seit Monaten, ach was red ich, seit Jahren nicht mehr geküsst. Bereits das war mir zu viel. Explosion. Völlig durch den Wind und schwebend und glücklich machte ich mich kurz danach auf den Heimweg, nachdem ich mir eine viertel Stunde lang Reue seinerseits angehört hab. Ich glaubte ihm erst kein Wort. Doch als es ihm dann regelrecht den Boden unter den Füßen weggezogen hat und sein Kreislauf versagte, als er mich zur Tür gebracht hat, fragte ich mich, was nur mit diesem Mann los sei. Einen Tag später brach er den Kontakt zu mir ab. Wegen seiner Freundin und seinem schlechten Gewissen. Ich verstand es. Zwei Tage später schickte er mir nachts einen *„Gruß aus dem Postwagen!"* Der Postwagen ist eine wohl sehr coole Bar in Ingolstadt, in der ich übrigens bis heute nicht war!!! Wie es mir geht, blablabla. Ich dachte mir nur *„Echt jetzt?!? Sein Ernst? Dieser Mann war damals 35! 35! Bin ich im Kindergarten?"* Ich ließ mich von einem privaten Taxi, einer Freundin der Cousine meiner Mama, der ich in dieser Nacht zufällig in einer Bar begegnete, mitten in der Nacht zu ihm chauffieren. Wenn ich trinke und es übertreibe und mich etwas rein steigere, kann ich sehr anstrengend und ausfallend werden. Ich explodierte. Nachdem ich mich beruhigt hatte, legte ich mich zu ihm auf die Couch. Er trug mich ins Bett und ging zurück ins Wohnzimmer. Echt jetzt?!? Wo bin ich denn hier? Ich marschierte wieder zu ihm. Legte mich neben ihn und umarmte ihn. Er trug mich erneut ins Bett und ging. Das Spiel spielten wir noch ungefähr 15 Minuten so weiter. Aber die neue Frau in mir musste diesen Mann in dieser Nacht haben. Nichts hielt mich ab. Und so gab er irgendwann nach und blieb, nachdem er mich wieder ins Bett getragen hatte. Tja, ich stellte mir das alles viel einfacher vor. Ich bemerkte allerdings schnell, dass mir diese Leidenschaft zu viel war. Zu feuerwerksmäßig. Ich kam damit gar nicht mehr klar. Ich hatte es verlernt und ich hatte einiges nachzuholen, denn mein Exfreund und ich lebten sehr lange wie Bruder und Schwester. Und ich merkte in diesem Moment: mit diesem Mann würde ich alles nachholen. Ich musste es nachholen. Ich hatte viel zu lange keinen Sex mehr. Nachdem ich das ganze abbrechen musste, weil ich viel zu aufgeregt war und kurz vor´m Herzinfarkt war, sagte ich ihm, was Sache war und wie lange ich schon keinen Sex mehr hatte. Seine Reaktion: *„Echt jetzt?!? Du verarscht mich doch grad! Puh, ok, dann muss ich ganz anders an die Sache ran gehen!“* Er nahm mich in den Arm und wir schliefen ein. Am nächsten Morgen war es so weit. Er war sehr zärtlich. Er nahm mir meine Angst. Es war wunderschön und zugleich eine Explosion und Befreiungsschlag in mir. Acht Wochen lang ging das so weiter. Ich holte alles nach, was mir in der letzten Zeit so fehlte. Er ließ die Frau in mir erwachen und mich insbesondere als begehrenswerte Frau fühlen. Ich behaupte, das ist etwas, das den meisten Frauen fehlt und sie deshalb unglücklich werden. Ich brauche das Gefühl, zu spüren, wie sehr ein Mann mich begehrt und sich nach mir sehnt. Und das tat er. Immer und immer wieder. Er gab mir das Gefühl, schön und sexy zu sein. Wie er mich ansah. Doch hinter seinem Blick konnte ich noch viel mehr sehen. Wahrhaben wollte ich es lange nicht. Ich stellte mir alles ganz anders vor. Was will eine Frau? Klar, eine Frau will Nestchen bauen. Eine Frau kann nicht anders, weil es in ihrer Natur liegt. Nur blöd, wenn sie das mit einem unreifen, bockigen, 35-jährigen Kind tun will, der in der Midlife-Krise steckt und eine geradezu panische Angst vor Nähe hat. Daraus folgt eine Bindungsangst. Und das Wort Bindungsangst ist die Untertreibung des Jahrhunderts, was ihn betrifft. Glaubt mir, ich habe stundenlang Berichte von erfahrenen Männer-Psychologen zu diesem Thema gelesen und mir Hörbücher angehört, Onlinekurse gemacht, wie man so einen Mann enteist und taktisch klug vorgeht, um ihn an sich zu binden. Heute frage ich mich, ob ich damals noch alle Latten am Zaun hatte. Spaß beiseite, es war eine wahnsinnig aufregende Zeit.

Voller Leidenschaft. Die intimste Zeit, die ich je mit einem Mann erlebt habe. Er hat mir etwas gegeben, was mir noch kein Mann zuvor geben konnte und da ist Frau dann bereit, sich fallen zu lassen, ihm alles zu geben und ihre Sehnsüchte mit ihm auszuleben. Und diese Gabe hatte er. Ich konnte mich fallen lassen. Ich fiel und fiel und fiel. Bis ich am Boden aufschlug, denn ich hatte mich mit ihm irgendwann selbst verloren und erniedrigt. Es gibt nämlich immer zwei Seiten der Medaille. Was wahnsinnig wertvoll war: er war auch dann da, wenn es brannte, dann war er zur Stelle. Wir haben viel zusammen durchlebt. Viele nicht schöne Ereignisse und auch Schicksalsschläge. Wir waren füreinander da. Wir standen uns bei. Tags und Nachts, auch wenn in dieser Zeit andere Frauen und Männer im Spiel waren. Wir waren füreinander da. Wir konnten uns gegenseitig vieles von der Seele reden. Er kann gut zuhören. Er ließ mich reden. Ich ließ ihn reden. Er sah mich dabei an und ab und zu rutschte ihm auch mal ein *„Wir"* heraus. *„**Wir** werden schon sehen, wie es weiter geht!"*. *„Jetzt warten **wir** erstmal ab!"*. Er gab mir das Gefühl, nicht alles allein schaffen zu müssen. Es ging nicht nur um Sex. Es entstand in den Jahren eine Freundschaft, eine Seelenverwandtschaft. Dieser Mann hat mich so geprägt wie kein anderer. Ich konnte ihm nicht einmal auf dem Jakobsweg davon laufen. Unser Tiefpunkt war, als ich nach meinem Jakobsweg erfuhr, dass ich vor meiner Reise von ihm schwanger gewesen sein muss und auf dem Jakobsweg einen Abgang erlebt haben muss. Anzeichen gab es viele dafür, verdrängt habe ich sie alle. Ein 100% Ergebnis hätte nur noch ein Bluttest bestätigen können. Aber das überließ mein Frauenarzt am Ende mir. Zu sehen war nichts mehr, aber alles sprach dafür. Die Ironie des ganzen war, dass meine beste Freundin und er selbst es mir vor meiner Abreise noch mitteilten, dass sie es im Gefühl haben, dass ich schwanger bin. Da hat mich mein Gefühl sehr im Stich gelassen, aber das sollte wohl so sein. Der Mann für mein Leben sollte er einfach nicht sein. Und ich nicht seine Frau. Eine Zukunft war für uns beide nicht geschrieben. In Wahrheit glaube ich ja, hatte er immer Angst vor mir. Angst vor meiner Selbständigkeit. Angst davor, nicht gebraucht zu werden. Angst vor...ach vor allem! Ach wie sehr ich ihn gebraucht habe. Ich kenne keinen Mann, der sich selbst und seine Angst vor Nähe so im Weg steht. Er wird für mich ein ewiges Rätsel bleiben, das ich nie ganz lösen konnte. Und darum konnte ich mich die letzten Jahre wohl auch nicht trennen von ihm. Frau tut so lange rum, bis sie es hat, wenn sie etwas will. Ich wollte diesen Mann unbedingt und um jeden Preis knacken und das Feuer in ihm entfachen. Aber in Wirklichkeit verbrannte ich mich, denn seine Angst vor meiner Nähe führte dazu, dass er uns regelrecht sabotierte, wenn es zu gut lief. Dass er anfing, gegen uns zu arbeiten. Ein Schritt vor, am nächsten Tag zehn zurück. Es war wie in einem Minenfeld. Eine falsche Bewegung und bum. Und dann konnte er zum Arsch werden, was ihm aber eigentlich so gar nicht ähnlich schaute. Auf der einen Seite war er der reizende, dominante Mann, mit dem man sich stundenlang streiten konnte, weil er immer meinte, dass er im Recht ist. Auf der anderen ein liebesbedürftiges Kind, das in den Arm genommen werden wollte und einen Blick hatte, der schrie: „*Bleib bei mir, geh nicht!*“, der nicht alleine schlafen wollte. Der mich nachts manchmal so fest umarmte, aus Angst, mich würde jemand stehlen wollen. Es war ganz seltsam. Als Kind habe ich mich immer in den Arm von meinem Papa gelegt und seine Brusthaare gestreichelt. Bei ihm tat ich das gleiche und ich fühlte mich so wohl und so gut aufgehoben. Ich fühlte mich angekommen. Ich fühlte mich bei diesem Mann geborgen. Ich fühlte mich bei diesem Mann daheim. Aber dieser Mann hatte eine Schattenseite. Eine zu dunkle. Er brauchte die Aufmerksamkeit vieler Frauen. Und er fiel bei ihnen leider schnell auf. Ich hasste es, wenn wir gemeinsam shoppen waren, wir ein Geschäft betraten und die Blicke der Frauen sofort auf ihn prallten. Ich sage ja schon immer, dass es für eine Frau nicht gut ist, wenn sie einen Mann an ihrer Seite hat, der hübscher ist als sie. Lach. Da kommt mein Ego nicht klar damit. Er musste wissen, dass er schön ist. Er konnte nicht anders. Wir haben viele Frauen zusammen durchgestanden. Warum ich blieb, mir das angetan und mich selbst so erniedrigt hab, weiß ich nicht. Ich liebte ihn einfach zu sehr. Ob es Liebe war, weiß ich heute gar nicht mehr. Ich begehrte ihn so sehr. Ich konnte nicht ohne ihn. Ich war ihm verfallen. Ich höre heute noch seine Nachbarin, wie sie sich am nächsten Morgen ganz höflich bei mir beschwerte, dass ich doch bitte die Güte haben möge und nachts etwas leiser zu sein, denn sie habe einen anstrengenden Job. Mein Sexleben freue sie zwar sehr und sie sei sogar etwas neidisch, aber ich solle mich doch bitte etwas zusammen reißen. *UPS*. Meine Mama hat das meinem Papa wie folgt geschildert: *„Deine Tochter soll der Nachbarin zuliebe leiser sein, wenn er ihr das Hirn raus vögelt!“ UPS!!!* Für meinen Papa war das alles hart genug, denn: *„Ja Sabrina, des is ja a MO!“ („Ja, Sabrina, das ist ja ein Mann!“)* Meine Antwort: *„Ah echt jetzt?!?“* Wär mir fast nicht aufgefallen! Mein Papa war eben etwas jüngere Männer an meiner Seite gewohnt mit weniger Bart. Bzw. ihm ist manchmal entgangen, dass auch ich älter und zur Frau wurde. Sehr harte Zeiten für meinen Papa. Als ich dann zu guter Letzt auch noch von meiner Heimat, die ich über alles liebe, über die Donau ans andere Ende der Stadt zog, weil ich einen

Tapetenwechsel dringend nötig hatte, kommentierte er das ganze nur noch mit: *„Pfff, was bitte soll mich noch schocken?!?“* Armer Papa. Trennung vom Lieblingsschwiegersohn in spe, Geschäft zu, Burn-out, einen neuen *„MO“* an meiner Seite (den er aber mochte!), Kind zieht über die Donau. Ein hartes Jahr für ihn. Und für Mama, die ihn immer wieder beruhigen musste. Mein Papa konnte nämlich manchmal auch schlimmer sein als ein kleines Kind. Er fragte mich mal, *„ob's DER unbedingt sei muas????“*. Ich belächelte die Frage nur, denn wenn ER es nicht unbedingt sein musste, dann würde ich mir das alles ja nicht antun!!! Aber er versprach, egal, wie das weiter gehen wird, er immer hinter mir stehen wird. Mama war nicht recht begeistert. Sie wollte ihre Tochter nicht leiden sehen. Doch sie betonte die letzten Jahre immer, sie wollte niemals einen langweiligen Mann zum Mann. Tja, das hat sie nun davon. ***UPS!!!*** fällt mir hier nur ein. Meine

Ex-Schwiegermama im spe kommentierte das ganze nur mit: *„Ja leck mich am Arsch, schaut der guat aus!!!"*. Mein Exfreund hatte folgendes dazu zu sagen: *„Sabrina, ich wünsche Dir von Herzen das Beste und alles Glück der Welt, das weißt du, aber tu mir einen Gefallen: Jeder, ABER NICHT DER!!!!!!!!!"*. Auch ein Freund von ihm „warnte" mich vor ihm! Dass dieser Mann chronisch beziehungsunfähig sei. Von wegen. Dieser Mann hatte ständig Beziehungen. Doch lediglich mit Frauen, die ihm gänzlich wurscht waren! Ich war/bin ihm sehr wichtig. Diese Tatsache konnte er irgendwann nicht mehr verleugnen. Das habe ich an dem Tag gemerkt, als er ein Bild von uns an seine Fotowand klemmte. Männer hängen sich nur Bilder der Frau an die Wand, die ihnen etwas bedeutet. Sei es der Liebe oder der Freundschaft wegen. Ich war/bin ihm wichtig! Je mehr mich vor ihm warnten, desto mehr zog es mich zu ihm. Das war mit ungefragten Ratschlägen genauso.

Immer wenn man mir von etwas abgeraten hat, habe ich es mit voller Absicht getan! Sag dem Kind, es solle die Katze nicht am Schwanz ziehen! Was macht es??? Genau. Es läuft der Katze so lange nach, bis sie den Schwanz hat! Das tue ich auch heute noch, denn in mir ist so ein Wind, der mich vorantreibt und immer weiter gehen lässt. Immer weiter und noch weiter. Ich kann nichts dafür. Dieser Wind treibt mich irgendwo hin. Bis ich das finde, wonach ich suche. Was das ist, weiß ich bis heute noch nicht. Dieser Wind ist Fluch und Segen zugleich, denn manchmal fühle ich mich nicht nur nicht glücklich, sondern auch noch unglücklich. Dann gibt es Tage, an denen ich übersprühe vor Glück und Freiheit. Das liegt an diesem Wind, denn ich will mich mit nichts in meinem Leben zufrieden geben, das nur „*ok*" ist. Ich will perfekt. Perfekt für mich. Sei es meine Arbeit, eine Sache, meine sehr eigene Hausgestaltung oder ein Mann. Nur „*ok*" will ich nicht! Das Leben ist zu kurz für *„ok“* oder *„passt schon!“*. *„Ok“* ist für´n A...! Bei mir muss sogar das Chaos perfekt sein! Ein bisschen Chaos reicht mir nicht. Ich brauche schon ein richtiges Chaos!!! Die Wochen vergingen, die Monate vergingen, die Jahre vergingen. Irgendwie waren wir Alles und Nichts füreinander in all der Zeit. Zwei Freunde ohne Verpflichtungen. Ohne die Gefahr, dass einer dem anderen böse sein könnte. Ganz schön clever war er auch noch. Es folgten drei Jahre voller auf und ab´s. Hin und her´s. Ja und nein´s. Geh! Bleib! Ich brauche dich! Ich hasse dich! Ich kann nicht ohne dich! Ich will dich nicht verlieren! Lass mich in Ruhe! Geh mir aus den Augen! Komm zurück zu mir!!!!!! Eine emotionale Höllenfahrt und ein dramatisches Gefühlschaos, das mich sogar einmal mit einem Nervenzusammenbruch in der Notaufnahme landen ließ. Zusammen mit meinem Nachbarn, den ich eigentlich nicht kannte, mich aber im

Treppenhaus sah, sich sorgte und mich ins Krankenhaus brachte. Männer können Frauen krank machen. Frauen brauchen nur zu lange, um das zu begreifen. Es war bei ihm aber auch sehr schwierig, denn auch, wenn er zum Arsch werden konnte, hatte er so romantische Seiten an sich. Ich denke liebend gerne an den Meterstab zurück, aus dem er mir ein Herz formte, als er in meiner Wohnung etwas für mein Haus abmessen sollte. An meinen Geburtstagen hat er mich immer mit einem Törtchen mit Kerzen darauf am Bett überrascht. Seine Küsse auf meine Stirn waren mein Highlight. Mit gebrochenem Fuß und Krücken humpelte er für mich in ein Möbelhaus und kaufte mir nach überfälliger Zeit ein Kopfkissen, auf dem ich liegen konnte, denn seines war beschissen. Doch immer, wenn er solche Dinge für mich tat, wusste ich, in spätestens zwei Tagen wird er wieder zum Arsch. Weil er nicht anders konnte...

In dieser Zeit entstand

„Wenn du nur..." :

„Wenn du nur aufgehört hättest,
gegen mich zu kämpfen.
Wenn du nur aufgehört hättest,
gegen dich zu kämpfen.
Wenn du nur angefangen hättest, für
uns zu kämpfen.
Wenn du nur aufgehört hättest,
mich als deinen Feind zu betrachten.
Wenn du mich nur in dein Herz
gelassen hättest, dann hättest du
gemerkt, dass ich dir niemals weh

getan hätte.
Wenn du mich nur ganz in dein
Leben gelassen hättest.
Wenn du mich nur endlich ganz
loslassen würdest.
Wenn du mir nur helfen würdest,
dich loslassen zu können.
Wenn ich es gekonnt hätte, hätte ich
es getan.
Aber ich konnte nicht.
Wenn ich könnte, würde ich.
Aber ich kann es nicht.
Wenn du mir nur helfen würdest, zu
vergessen, was war.
Hilf mir, zu vergessen,

wie schön es war.
Hilf mir, mich daran zu erinnern, wie
schlimm es war.
Hilf mir, dir zu verzeihen.
Hilf mir, dich wieder als den
Menschen zu sehen, den ich damals
vor mir hatte. Du spieltest auf Zeit.
Doch Zeit ist das Einzige, was wir
jetzt nicht mehr haben. Du warst
meine Priorität. Das bereue ich nicht.
Mein Fehler war, zu glauben, ich
könnte auch deine sein. Tausendmal
hast du mich vom Berg geschubst,
immer wieder bin ich hoch
geklettert.

Tausendmal hast du mich im
Wasser ertränkt,
immer wieder bin ich aufgetaucht.
Viel zu oft. Ich habe keine Pflaster
mehr für meine Narben.
Wenn du nur aufgehört hättest, dann
würden wir heute noch leben. Und
wenn wir nicht gestorben wären,
dann wäre etwas Großartiges aus uns
geworden. Aber wenn du all das
nicht gemacht hättest, dann wäre ich
nicht die, die ich heute bin.
Und das wäre sehr schade, denn ich
fühl mich heute so glücklich
wie noch nie.

Und dafür danke ich dir! Echt jetzt?!? Ja, echt jetzt!!!"

Es waren drei schwere Jahre für mich. Drei wahnsinnig aufregende, verrückte und schöne. Aber im Bezug auf ihn, war es harte Arbeit, denn ich hielt uns zusammen. Ich war diejenige, die dafür verantwortlich war, dass es zwischen uns weiter und weiter und weiter ging. Unsere „Beziehung" wurde nervenaufreibend, erniedrigend und ging mir an die Substanz. Ich hatte mich dabei vergessen und fast aufgegeben. Für diesen Mann brauchte man vor allem eines: Starke Nerven! Eine Freundin sagte mal: *„Also es ist mir ein Rätsel, wie du das aushältst! Ich müsste diesen Mann jeden Tag schlagen!!!!"*. Doch auch sie mochte ihn. Das war ja das Skurrile. Man konnte ihm nicht böse sein. Dieser Mann tat oft so, als würde er kein Herz besitzen, denn das ist nämlich für einen Mann der einfachste Weg, damit man sein Herz nicht gebrochen bekommt. Aber so wurde ich ein emotionales Wrack, denn mein Herz liegt jedem offen und er war ein Mann zum Dahinschmelzen. Vor allem, wenn er einen Anzug trug. Doch eines Tages gingen die seelischen Verletzungen zu tief, die er mir durch alle anderen Frauen zugefügt hat. Das war mir damals noch gar nicht bewusst. Ich fing an, meine Großartigkeit anzuzweifeln. Ich vergaß, wie fantastisch ich in Wahrheit war. Ich wollte diesen Mann für mich haben. Doch er war nicht zu haben. Für keine Frau. Das übersah ich und verletzte mich dabei von Tag zu Tag mehr und mehr, bis ich mich irgendwann verlor und meinen Wert vergaß, alles hinnahm und in einem Teufelskreis landete, aus dem ich nicht mehr herauszukommen schien. Er brachte mich auf meine Knie und innerlich flehte ich ihn an, mich endlich gehen zu lassen. Er schnürte mir die Luft ab und ich erlebte einen emotionalen Alptraum, aus dem ich nicht mehr aufzuwachen schien. Ich verlor weitere Kilos und wurde zum Schatten meinerselbst. Ich erkannte mich nicht mehr. Was war nur aus der starken Frau geworden? Ich musste sie suchen gehen. Und unbedingt wieder finden. Mein Schicksal nahm seinen Lauf und es war wohl davor bereits geschrieben, dass ich auf meiner Reise auf dem Jakobsweg einem Mann begegnen sollte, der mich an meinen Wert erinneren musste. Es sollte mein Schicksal sein, denn ich spürte erneut einen Geist, wie damals im Auto, jemanden an meiner Seite, der mich an der Hand zog und zu ihm brachte.

Und wäre dies nicht geschehen,
weiß ich heute nicht,
an welchem Abgrund ich gelandet wäre.

Um Dir die ganze Geschichte

erzählen zu können,
werde ich mir nun noch einmal
meine Schuhe anziehen
und meinen Rucksack für Dich packen.

Echt jetzt?!?

Ja, echt jetzt!

In dieser Zeit entstanden diese Zeilen für ihn. „Der letzte und beste Schuss“: Der mit Abstand dämlichste Satz war, den ich je von einem Mann gehört habe? Achtung! *„Es tut mir leid, aber ich bin auch nur ein Mann!“ „Ach, echt jetzt?!?“* Ich wusste es von Anfang an. Wahrhaben wollte ich es jedoch nicht. Warum nicht? Weil es mich wie ein Blitz getroffen hat, als ich Dich sah. Ich sah mich selbst in Dir. Darum konnte ich nicht von dir ablassen. Wenn ich es gekonnt hätte, hätte ich es getan. Aber ich konnte nicht. Weil ich so gerne falle. Und danach fliege. Kein Berg mit dir schien mir zu hoch. Du warst von Anfang an alles für mich. Alles Gute und alles Schlechte. Meine Hoffnung. Meine Droge. Mein schönster Traum. Mein schlimmster Alptraum. Deine Schüsse waren von Anfang an schmerzhaft. Oft genug hast du mich zu Boden fallen lassen, doch ich bin immer wieder aufgestanden. Den Gefallen, liegen zu bleiben, wollte ich Dir nicht tun. Viel zu weit bin ich gegangen und gekommen. Außerdem wartete ich immer auf deinen besten Schuss. Doch der kam lange Zeit nicht. Im Gegenteil. Deine Schüsse wurden schwächer. Manchmal hast du sogar vergessen, Munition nachzulegen. Weißt du, warum wir beide so unterschiedlich gespielt haben. Es gibt Menschen, die spielen so, als würden Sie ewig leben. So wie Du. Und es gibt Menschen, die spielen so, als würden Sie morgen sterben. So wie ich. Ich hatte als Kind schon immer einen Spielpartner, der seine eigenen Regeln erfunden hat. Ich bin´s auch gewohnt, wenn Spielregeln während eines Spiels geändert werden. Blöd nur, wenn man seine eigenen Spielregeln vergisst und plötzlich nicht mehr weiß, was der nächst cleverste Schachzug wäre. Noch heute frage ich mich: Wurden die Schüsse wirklich schwächer oder wurde ich in Wahrheit einfach nur stärker? Doch der allerletzte Schuss war tödlich für mich. Ich konnte nicht mehr in Deckung gehen. Der letzte und beste Schuss war der Moment, an dem ich realisiert habe, dass du mich zur Option und nicht zur Priorität gemacht hast. Dass ich Idiotin mir vorgemacht habe, dass wir es geschafft hätten oder wir es eines Tages schaffen würden. Bei diesem Schuss bin ich liegen geblieben. Vielleicht hätte ich die Kraft nochmal gehabt, für uns aufzustehen. Lieber lass ich uns zwei untergehen, weil das nicht ganz so schmerzhaft ist und weniger Kraft kostet. Ich will nicht mehr. Ich habe keine Pflaster mehr für meine Wunden. Porzellan hab ich auch keines mehr. Du hast mich nie ganz entdeckt, du hast lieber dein Herz vor mir versteckt. An mich hast du immer zuletzt gedacht. Ich brauche meine Kraft nun für mich alleine, um wieder aufzustehen, zu leben und einen neuen Traum wahr werden zu lassen. Doch ich danke Dir für Alles. Wenn es gebrannt hat, warst du zur Stelle. Und das ist nicht selbstverständlich. Und ohne Dich wäre ich vor allem nicht die Frau, die ich heute bin. Und auf diese Frau bin ich stolz. Auch wenn Entscheidungen bezüglich meiner Schachzüge ziemlich fragwürdig waren. Heute weiß ich, ohne Dich wäre ich nie so stark geworden."

Echt jetzt?!?

Ja, echt jetzt!

Liebe Frauen, bleibt nicht liegen!
Steht auf! Wenn ihr am Abgrund steht,
springt auf keinen Fall!
Nehmt Anlauf und fliegt! Und dann?
Dann seht ihr plötzlich ein Licht, das Euch schon
lange geblendet hat, Ihr aber ignoriert habt.
Und dann?
Dann seid ihr bereit für etwas Neues,
das Eure Seele heilen wird.

Kapitel 6

Armer Papa und die schrecklichste Busfahrt meines Lebens!

Kurz vor meiner Abreise auf den größten Trip meines Lebens fühlte ich mich tot. Ich fühlte mich sogar zum Aufgeben zu müde. Mein Burn-out arbeitete tief in mir. Und dieser Mann. Ich musste einen Weg finden, um mit all dem umzugehen. Ich wollte mich selbst retten.

Tja, auf diese Schnapsidee brachte mich eine meiner Freundinnen.

Anfang 2015 erzählte sie mir: „*Sabrina, das ist mein Traum, einmal auf den Jakobsweg, 789 km über Frankreich nach Spanien nach Santiago de Compostela. Zu Fuß!*“ Meine Antwort damals: „*Äh echt jetzt???? Sag mal, bist du noch ganz dicht??? Zu Fuß??? Ja bitte, tu dir keinen Zwang an, viel Spaß!!!! Ich komm dann nach Santiago auf ein paar Bierchen und Schnaps gerne nach!*“

Aber sie hatte so ein Leuchten in den Augen, als sie davon erzählte und das hat mich nicht mehr losgelassen. Ich las ein Buch und sah einen Film dazu. Beeindruckende Menschen, Schicksale, Landschaften, Eindrücke, Emotionen. Heilungen. Lebensveränderungen. Bereicherungen. Der Jakobsweg ist dafür bekannt, dass er Menschen heilt. Das hat mich unendlich neugierig gemacht und ich konnte mir diese Schnapsidee, die zum Vorhaben wurde, plötzlich selbst nicht mehr ausreden. Blöd. Wenn ich was will, will ich es. Anderthalb Jahre, bevor ich wirklich los tigerte, hatte ich meinen Termin bereits im Kalender. Laut ausgesprochen vor der Familie und im Freundeskreis habe ich es erst ca. acht Wochen davor. Es waren alle Reaktionen dabei. Vier davon werden mir in ewiger Erinnerung bleiben. Zum einen Oma´s Lebensmotto: *„Ja spinnst du Kind??? Ach, wisst´s wos??? Machts doch einfach olle, wost´s wuits!!!". („Macht doch alle, was ihr wollt!")*

Dann war da noch Beffi. Ihre Reaktion lautete so ähnlich wie: *„Ja sog amoi, Braun...bist as du no ganz??? Host du n Schuss net ghert?" („Ja sag mal, Braun, bist du es noch ganz? Hast du den Schuss nicht gehört?").*

Und dann hätten wir noch meinen Papa:

„Äh, Ingrid, de wui aufn Jakobsweg geh....spinnt de jetzt komplett?????? Dua wos! Sog wos! Red´s ihra aus!!!! Oh bitte Maus, wuist das net nomoi überleng??? Oh mir is schlecht!!!!!" („Äh, Ingrid, die will auf den Jakobsweg gehen...spinnt die jetzt komplett? Tu was! Sag was! Rede es ihr aus! Oh bitte Maus, willst du es dir nicht noch einmal überlegen? Oh mir ist schlecht!!!!")!!! „Maus, wuist jetz echt auf den scheiß Jakobsweg do geh???? Du verlaffst di doch!!!"

„Ja, Papa, wenn i dein Orientierungssinn hob, dann mit Sicherheit!".

Papa war´s schlecht, nachdem er mir im in München noch einen Menstruationsbecher und ein Glas für meinen Wein aufschwatzen wollte! *„Papa, so´n Kack brauch i net!" („Papa, so einen Scheiß brauche ich nicht!") „Ja, und aus wos trinkst dein Wein, ha???" („Ja, und aus was trinkst du deinen Wein?")*

Meine Antwort: *„Aus da Flaschen!!!!“*

Papa war´s immer noch schlecht, nachdem wir mit meinen neuen Wanderschuhen (sponsered by Papa) noch einen Testlauf (vorbei am Viktualienmarkt in München, am Hofbräuhaus und am Nockherberg (by the way: 9,- € für einen Cuba Libre, DIE haben den Schuss nicht gehört!!!) starteten und Mama´s Antwort war: *„DEINE Tochter!!!“*

Tja, DANKE Mama, dass du mir Flügel geschenkt hast und mich immer dahin fliegen lässt, wohin der Wind mich gerade hintreibt, mich aber immer wieder bei dir landen lässt, wenn ich es brauche. Eltern sollten ihrem Kind eigentlich nur eines lernen: Schuhe binden. Wisst ihr, was ausschlaggebend für mich war, dass ich es echt durchgezogen habe und mir ein Busticket nach Madrid bestellen hab lassen. Es war irgendwann im März 2017. Ich bin nicht oft im

Berufsverkehr unterwegs. Wenn dann nur, wenn ich da erst vom Vortag heim fahre. Ist Euch schon mal aufgefallen, wie blöd die Leute alle in ihren Autos auf dem Weg zur Arbeit schauen??? Ich dachte mir: *Puh scheiße, schau ich etwa auch so blöd???* Ich musste weg! Ganz dringend. In dieser Zeit habe ich alles in Frage gestellt, auch alles, für das ich doch eigentlich so Feuer und Flamme war. Und dann ständig dieses *„Alles gut!"* und *„Alles wunderbar!"* und *„Uns geht´s sooooooo toll, alles soooo megaaaaaaaaa bei uns!"* Ich war kurz davor, komplett zu explodieren. Es hätte nur noch ein einziges *„Alles wunderbar!"* gereicht! Wir leben leider oft in so einer Scheinwelt. Da dachte ich, in einer Scheinwelt kannst du doch eigentlich sein, wer immer du willst. Ich musste weg. Ich brauchte Luft zum Atmen. Ich war kurz vor´m Ersticken. Also spielte ich die Miss Obercoole, die mal schnell knackige 31 Stunden mit dem Bus nach Madrid fuhr und vor nichts Angst hatte.

Zuhause bekam ich noch eine Überraschungs-Abschiedsparty im engsten Kreise. Ich musste mich soooooo zusammen reißen, dass ich nicht anfing, wie ein Kind zu heulen! Alle anderen aber auch. HAHA. Ich saß in diesem Bus am 8. April 2017 morgens um 5 Uhr. Mein Papa hat mir vom Bussteig aus zum Abschied zugewunken. Er wahrte den Schein, aber ich wusste, wie schwer es ihm fiel, seine Tochter, seine Maus, gehen zu lassen. Sie loszulassen. Während ich diese Zeilen tippe, kommen mir doch grad echt die Tränen. Ich fühlte in diesem Moment alle Gefühle, die es nur geben kann. Er drohte mir sogar, mir hinterher zufahren, wenn ich mich nicht täglich melden würde.

Auch die Worte meiner Oma, die sie mit ihrem Tablet morgens um 5 tippte, bewegten mich sehr: *„Hallo mein Kind, hoffentlich geht es dir gesund-heitlich bald besser! Ich hoffe, du schaffst das schon. Ich bete jeden Tag für dich. Der Herrgott und dein*

Schutzengel werden dich beschützen. Steh auf und tanze! Hab dich lieb, deine Oma.“ .

Auch von diesen Zeilen einer Freundin (meiner Star-Anwältin, die gerade in New York sitzt) bekam ich Gänsehaut am ganzen Körper: *„Liebe Maus, nutze deine Zeit. Der Jakobsweg ist eine Reise der Seele und er dauert nicht ewig. Es ist ein Segen, ihn eine Zeit lang zu gehen. Aber er wird enden. Also sei jederzeit bereit, dich zu verabschieden und behalte die Eindrücke tief in deinem Herzen und die Menschen, die dir auf deinem Weg begegnen stets in Erinnerung. Bleib immer auf dem Weg, ich weiß, du schaffst das!“.*

Für alle Notfälle hatte ich auch noch *„Sabi´s Wenn Buch!“*. Das Wenn-Buch habe ich von einer Kundin und vertrauten Kaffeefreundin, wenn es die Zeit zulässt, geschenkt bekommen. *„Liebe Sabi, wenn du mal einen Ohrwurm auf der Strecke brauchst: Nananananaaaaaaa!“*. Dieser Wenn-

Ordner war für alle Notfälle gefüllt. Und dann hatten wir noch jemanden, eine meiner besten Freundinnen, allerengsten Vertrauten, die mich mit Briefen überraschte, die ich aber nur zu bestimmten Etappen lesen durfte. Den ersten Brief durfte ich im Bus lesen. Ein paar Zeilen daraus: „*Wahnsinn, liebe Maus, du sitzt jetzt echt im Bus, auf der wohl bestimmt größten Reise deines Lebens. Für mich wäre das ja nichts, kennst mich ja, immer am planen und am liebsten den Koffer schon 14 Tage davor packen. Umso mehr beneide ich dich und vor allem deinen Mut, dass du dieses Abenteuer wirklich wagst. Du rockst das Ding! Jetzt im Bus gibt's kein Zurück mehr. Bestimmt gibt es das, aber nicht für dich! Aufgeben gibts bei dir nicht. Wenn du erstmal Blut geleckt hast, dann geht's bis zum Ende. Ich kann's immer noch nicht glauben. Bestimmt hast du schon den ein oder anderen Kaffee intus, ab sofort aber nur noch aus unserer Tasse!!! Ich wünsche mir, dass du jeden*

Tropfen aus dieser Tasse genießen kannst und vielleicht an uns denkst. Nächster Halt: Madrid!!!! Eines muss ich noch loswerden: ich muss immer noch schmunzeln, wenn ich an deine Abschiedsfeier zurückdenke: „Ich bin sooooo volllll!" Gisele war der Oberknaller!" ...

So und da saß ich.

Im Bus nach Madrid, auf der schrecklichsten Busfahrt meines Lebens.

Ich kam nach den letzten Wochen langsam wieder zu Sinnen und dachte mir: ***Fuck!!!!***
Was zur Hölle mach ich hier bitte?????
Ist das eigentlich grad mein scheiß Ernst??? Ich will 300 Kilometer zu Fuß durch Spanien gehen, zu Fuß???? Mein Gott Sabrina, bist du naiv!!! Meine Mädels haben mir vor Abreise einen *„herrlichen Schaden"* diagnostiziert. Früher beim verhassten

Sportunterricht in der Schule wär ich am liebsten nach 400 Metern auf der Stelle tot umgefallen. Und jetzt will ich 300 Kilometer zu Fuß mit einem viiiiiiel zu schweren Rucksack durch Spanien. Ganz schön verrückt, denn heute, immer wenn ich mir meinen Rucksack ansehe, bekomm ich am ganzen Körper Gänsehaut. Ich würde ihn mir am liebsten jeden Tag anschallen und losmarschieren. Naja, zurück zu meiner Busfahrt. Trotz allem, trotz aller Tränen, trotz aller Ängste, trotz aller Zweifel, trotz aller Fragwürdigkeit, wo mein Verstand abgeblieben war, trotz allem fühlte ich mich so frei wie noch nie. Ich dachte mir: *„Bereit? Nö!!! Na dann los!!!"*. Es gab kein Zurück mehr. Und das realisierte ich in diesem Moment. Schon die erste Gefühlsachterbahn im Bus kann man nicht in Worte fassen, denn meine Reise durch Deutschland und Frankreich nach Madrid war einfach nur anstrengend. Mein persönliches

Highlight war die verrückte Taxifahrt zum Hotel. Eigentlich kann's nur bergauf gehen. Wenn ich ehrlich bin, musste ich mir eingestehen, dass ich mich so selbstüberschätzt habe, ich wollte bereits dreimal abbrechen. Aber ich wollte ja den Pilgerflair live erleben. In keinem Flugzeug, sondern in einem Bus. 31 Stunden. Ich will sterben!!! Wach, krank, leicht gereizt, ängstlich, panisch, dazu noch ein wenig sentimental und weit und breit kein Kaffee in Sicht. Aaaaaaaber irgendwie war's trotz etlicher Pannen während dieser Busfahrt lehrreich und ich war ein wenig stolz auf mich, dass ich das bis jetzt alles überlebt habe!

Echt jetzt?!?

Ja, echt jetzt!

Liebe Bruni/Mina,
bleib tapfer
und halte durch.
Deine
Sarah mit Hannah

Kapitel 7

Madrid, Leon und zu spät für Gebete?

*T*ja, und da war ich. In Madrid im Hotel. Vollkommen abgefuckt. Am Ende. Am absoluten Ende meiner Kräfte. Heulend kramte ich Bilder meiner Familie und Freunde, die ich mit im Gepäck hatte, aus, sah sie an und vermisste alle so sehr. Ich wollte ein bisschen Trost von meiner „Beffi“ im Gruppen-Lieblingsmenschen-Chat.

Wisst ihr, was ich von ihr zu hören bekam??? Und zwar folgendes:

„Du Braun, jetz reiß di gfälligst zam! Rumluschen is net! Du wuitst den Scheiß, aiso machst den Scheiß jetz a! Ohne de g´schissene Urkund´n do brauchst gor net hoamkumma, host mi????“ („...du wolltest den Scheiß, also machst du den Scheiß jetzt auch! Ohne diese scheiß Urkunde da brauchst du überhaupt erst gar nicht heimkommen, haben wir uns verstanden?“) Ihre Mama konterte: *„Ja sog a moi, wie red´stn du mit meim Herzi, ha???? Herzi, du machst des ganz ganz toll, immer weida so!“ („Ja sag mal, wie redest du denn mit meinem Herzi? Herzi, du machst des ganz ganz toll, immer weiter so!“).* Ich musste gleich wieder lachen. Meine Beffi. Pffff. BÄM. Und da hatte sie mich. Diese blöde Kuh wusste immer haargenau, wie sie mich wieder aufrichten konnte. Nachdem ich mir mein Krönchen gerichtet habe und mich ausgeheult habe, habe ich mir Madrid angesehen. Mit dem

Sightseeing-Bus. Laufen würde ich demnächst noch genug! Beim „Hard Rock Cafe“ bin ich ausgestiegen. Pflichtpoint für mich! T-Shirt und für die Tochter meiner besten Freundin einen Teddybär als Mitbringsel gekauft, den ich an meinem Rucksack befestigte und ihn bis zum Ende mittrug. Ich holte mir im Supermarkt etwas zu essen und trinken und machte es mir im Hotel gemütlich. Ich sah mir selbstgemalte Bilder an, die ich von den Kindern meiner Freundinnen bekam. Nach einer Nacht total verrückter Träume bin ich wach geworden und dachte mir: Adios Madrid, hola Grippe und Gliederschmerzen. Der da oben will mich glaub ich auf die Probe stellen. Die Pünktlichkeit meines spanischen Taxifahrers ließ mich dann ins Schwitzen kommen! Auf dem Weg zum Busbahnhof habe ich kurzzeitig überlegt, ob ich nicht einfach den nächsten Flieger nach Hause nehm, dann klingelte das Handy des Taxifahrers: Das *„Klingeln"* aus meiner

Lieblings-Film-Trilogie. Immer wenn bei den Hauptdarstellern gleich etwas Wichtiges passierte, ertönte dieses „Klingeln". Etwas durch'n Wind verabschiedete ich meinen Taxifahrer mit *„Arrividerci"* und wir bekamen beide einen Lachanfall. Was ich an diesem Tag noch heraus gefunden habe, war eine perfekte Wanderfrisur. Und die Erkenntnis, dass man ohne spanisch hier verloren ist. Weiter ging die Reise mit dem Bus ins ca. 330 km entfernte Léon. Ein Hoch auf die 50,- € von meiner *„Sanella"*, die sie mir vor Abreise für ein Hotel geschenkt hat, falls ich mal keine Lust auf eine Herberge hatte. Der 50er hat lange überlebt. Im Hotel habe ich mir meinen ersten Pilgerstempel geholt. Ohne gepilgert zu sein, bin ich nun offiziell ein Pilger. WOW. Ich bin an diesem Tag durch's wunderschöne Léon spaziert. Eine herrliche Stadt. Warm gelaufen habe ich mich auch schon, als ich mich auf dem Weg zur Post, um einiges von meinem Gepäck heimzuschicken, fünfmal verlaufen habe! Ich habe nämlich meinen Rucksack noch einmal Probe getragen und festgestellt, dass er viel zu schwer ist. Ich wäre fast rückwärts umgefallen und so entschied ich mich, 4 Kilo heimzuschicken. Abenteuer pur, so ganz ohne spanisch! Ich habe Léon und mein Hotel mit Blick auf die Kathedrale so sehr genossen. Denn am nächsten Tag sollte es losgehen. Gott steh mir bei! Ich fing an, zu beten!

Echt jetzt?!?

Ja, echt jetzt!

Kapitel 8

44,4 km zu Fuß und 18,2 km mit dem Taxi/Bus

Tag 1 und Tag 2

11. und 12. April 2017 Von Léon über Villadangos del Paramo und Fresno del Camino bis nach Astorga 44,4 km

10:45 - 17:00 Uhr und 9:15 - 19:30 Uhr

*U*nd so startete ich meinen Pilgerweg von Léon

nach Santiago de Compostela. Ca. 310 Kilometer lagen vor mir. Bei den Spaniern weiß man mit den Kilometerangaben nie so genau. Da ich sehr spontan sein wollte, weil ich die Schnauze vom Organisieren und Managen der letzten Jahre gestrichen voll hatte, hab ich beschlossen, mich einfach mit dem oder von dem „*Flow*", wie auch immer, so wie es eine sehr gute Freundin bezeichnen würde, treiben zu lassen. Das Blöde an diesem *Flow* war, dass Sabrina erstmal in die falsche Richtung gelaufen ist. Ich pilgerte also nach langem hin und her los, naja, pilgern konnte man das am Anfang noch nicht wirklich nennen. Ich schleppte mich selbst so dahin. ICH SEHE KEINE PILGER!!! Das lag wohl daran, dass ich Pilgern mit Urlaub machen verwechselte. Ich marschierte dann los, wenn alle anderen bereits beim Mittagessen waren. Ich kam in der früh nicht aus dem Bett. Ich suchte nach allen möglichen Dingen, die mich aufhielten, loszugehen. Ich hatte Angst vor diesem Abenteuer. Ich glaube, ich hatte Angst vor mir selbst. Aber man weiß nie, wozu man fähig ist, bis man aufsteht und es versucht!!! Und so stand ich halt auf. Mit dem ganz kurzen Gedanken, eine Nacht zu verlängern und mit Bier im Bett zu frühstücken. Die Nacht zuvor konnte ich nicht schlafen. Kein Auge habe ich zubekommen. Ich fragte mich in der Nacht, wann hier wohl die Sonne aufgeht. Eine innere Stimme flüsterte mir zu: *„Dann, wenn du aufstehst!“* Klingt logisch! Aber zur Not hatte ich ja eine Kopflampe. Und für alle Notfälle Pfefferspray. HAHA. Dann ging mir im Kopf herum, dass mich meine Beffi ignorierte! Keine Antwort mehr auf meine Nachrichten. Na dann: *Buon Camino!* Ich tigerte also kurz vor Mittags los. Was mein Rucksack *„Bonnie"* und ich hier erlebten, kann man gar nicht in Worte fassen!!! Von wunderschönen bis sehr unheimlichen Orten war alles dabei! Los ging's in Léon mit *„Kees"*, einem Rentner aus Amsterdam, der in dieselbe falsche Richtung laufen wollte wie ich! Ein Spanier kam uns, die Hände im Gesicht zusammenschlagend und kopfschüttelnd zur Hilfe, packte mich an der Hand und erklärte uns das „Pfeil-und X-System"...ahaaaaa. Los ging´s. Ich ging und ging und ging. Puuuhhhhhhh. Bereits nach 800 Metern wäre ich am liebsten tot umgefallen. Hinter Léon gab es ein wunderschönes Gewerbegebiet. *„Ja, ist das denen ihr Ernst???? Wollen die mich hier verarschen???"* fluchte ich, als ich über eine Autobahn musste! Ich habe bereits jetzt die Schnauze komplett voll. Wieso tue ich mir das hier an? Zwei Minuten weiter lag eine Feder vor mir. So wusste ich, ich war hier und jetzt genau richtig! Eine Mitreisende auf einem Kreuzfahrtschiff erklärte mir mal die Symbolik der Feder. Wenn eine Feder vor dir auf dem Boden liegt und du ihr begegnest, bedeutet das immer etwas Gutes. Es steht für eine Neugeburt, einen Neubeginn, eine Wandlung. Dass es vorwärts geht. Kurz vor'm verdursten, dem Hitzetod nahe oder weil ich mich ständig verlief und Umwege machte, weil mir nur alle heilige Zeit mal ein Pilger begegnete. Bestell dir mal ein Taxi in die Pampa von Spanien! Einmaliges Erlebnis sag ich Dir! Mein Taxifahrer: *„Wo sind Sie, Kind? In einer Bar?" „No, Signor! Einsam und verlassen an einer Bushaltestelle im Nirgendwo!!! Help me!!!"* Schwere Geburt, aber er hat mich gefunden und kam mit überdurchschnittlicher Geschwindigkeit angedüst, mein Held!!! Meinen 1. WOW Moment hatte ich in „Hospital de Orbigo" mit seiner wunderschönen Brücke und seiner Kirche „St. Miguel". 2. WOW Moment, als ich 10 km bergauf durch die Hochebene Paramo-Plateau musste: belohnt wurde ich dann oben mit einem Blick auf die Kathedrale der nächsten Etappe und Glockenläuten. Mein emotionalstes Erlebnis: Ich kam mal wieder, wie so oft, vom Weg ab, hatte keinen Bock mehr, saß eine Stunde allein in einer kleinen Kapelle, fluchte vor mich hin und wollte (mal wieder) abbrechen (wollte ich am Tag ca. 100x), dann kam eine Klosterschwester auf mich zu, nahm meine Hand und sagte: *„Buon camino, hijo de Dios, que Dios te bendiga, chiquita!“ „Buon camino, Kind Gottes, möge Gott Dich beschützen, Kleines!"*. Mein schönstes Erlebnis: Ich saß einsam an einer Bushaltestelle in der Pampa, ein altes spanisches Ehepaar kam mir aus dem Nichts zu Hilfe und organisierte meine Weiterfahrt. Der liebe „Opa" hat so lang gewartet, bis das kleine heulende Mädchen im richtigen Bus saß und hat mir mit einem Handkuss nachgewunken! Dass mir hier ständig Männer aus der Patsche helfen müssen. Ich machte meinen ganz eigenen Jakobsweg und erfüllte mir meinen Traum auf meine ganz eigene Art und Weise. Wenn ich zu diesem Zeitpunkt schon eine Sache gelernt habe, dann, dass ich gar nichts MUSS in meinem Leben und jeder hier seinen Jakobsweg nach seinem Geschmack gestalten darf! Wenn geweint wird, dann aus einer Mischung von Heimweh, Angst, Freude, Glück, Schmerzen, Reue und vor allem Sonnenbrand! Oder wenn ich am Abend die Weinflasche nicht aufbrachte, weil die Kraft ausging. Aber ich bereute keinen einzigen Kilometer dieses Weges, ob zu Fuß oder im Taxi/im Bus. Ein Wahnsinnsmoment war die Osterprozession in Astorga, in der ich im wahrsten Sinne des Wortes ganz unverhofft und aus Versehen direkt mittendrin gelandet bin. Und am Fußball kam man auch nicht vorbei. Ach, mein lustigster Moment: *„Verdammte Scheiße, leckt's mich alle am Arsch!!! Was hast du dir dabei gedacht, Sabrina?!?! Geht's da steil rauf! Ja verdammte Kacke!!"* Wieder mal Bergbesteigung bei 30 Grad...da fängt man schon mal an, mit sich selbst zu reden. „*Wo zum Teufel bitte sind denn alle Pilger?!? Ich glaub, die sitzen alle im Taxi! Faulen Schweine!*" Aus dem Nichts kam ein Pilger an mir vorbei und sagte: „*Kann gut sein, aber wir beide grad nicht! Und hallo, du als Frau allein auf dem Weg nach oben? Meinen Respekt hast du schon mal, egal, wann du heut ins Taxi steigst!*". Na dann...Buon Camino!!! Weiter ging´s! Was ich auch schon erkannt habe:

Ich war keine Pilgerin, dafür fluchte ich zu viel, aber ich war definitiv eine kleine Abenteurerin.

Und das mit meinem ganzen Herzen!

Denn an diesen Tagen habe ich Blut geleckt und das erste Mal dachte ich mir:

ICH werde diesen Weg bis ans ENDE gehen! Komme, was wolle!

Echt jetzt?!?

Ja, echt jetzt!

Kapitel 9

Der Depp von der Bank und ein Fotograf aus Niederbayern

Tag 3

13. April 2017 Astorga nach El Ganso 13,3 km

11:30 - 18 Uhr

Mein Abendritual war bis dato immer folgendes: Schreiben und nebenbei Serien auf dem Handy schauen. Während alle um mich herum nach einer Antwort suchten, versuchte ich, immer noch herauszufinden, was die Frage ist! Ab und an dachte ich auch an Sex, wie sehr er mir fehlte. Dann stellte ich fest, ach was, ich kann mich sowieso nicht bewegen und außerdem immer der gleiche Gedanke am Abend: ICH STINKE!!! Wie die Sau! Und: AUAAAAAAAA!!! Aber diesmal war ich ganz bei mir. Ich brauchte keinen Mann. Na gut, vielleicht einen, der mir den Wein aufmachte! Aber ich wollte nicht, ich wollte mit mir alleine sein! *„Mamaaaaaa!!!! Ach, in Kölle oder auf Malle wär's jetzt auch schön!"*. Nein, was mache ich? Ich sitze stinkend und mit schmerzenden Füßen und stechendem Rücken und einem Muskelkater vom feinsten hier rum und quäle mich! Aber ich kam immer früher aus den Federn. Weil ich wollte! Das Pilgern wurde zur Sucht. Der schwere Rucksack wurde zur Sucht. Ohne ihn fühlte man sich nackt. Alles ging mir durch den Kopf. Wirklich ALLES. Boah dieser Jakobsweg zwingt dich echt, dich mit dir zu beschäftigen. Mit jedem Schritt und jeder einzelnen Träne hilft er dir, deine Wunden heilen zu lassen. Heulende Menschen waren da dort total normal. Wenn man nicht heulte, fragte man sich: *Was stimmt denn nicht mit dem?* Und so heulte man halt. Alles raus. Alles. Ich war täglich bestimmt 100 mal kurz davor, meinen Rucksack ins Eck zu schleudern und mir ein Taxi zu rufen, dass mich zum Flughafen fuhr. *„Sabrina, Sabrina, da hast du dich sauber überschätzt.“* Dachte ich und hörte meine Beffi lachen. Am meinem dritten Tag hatte ich mich irgendwann wieder wie üblich verlaufen. Sabrina tigerte ja ohne Landkarte. Im Nachhinein wundere ich mich ja, dass ich nicht in Frankreich gelandet bin. Bei jeder Bank, auf der ich Siesta machte, hörte ich meine Oma und meine Tante Rosi: *„Kind, leg da a Deckn drunter, du verkeitst di auf dem koiden*

Pflaster!!!!" („Kind, lege dir eine Decke darunter, du erkältest dich auf dem kalten Pflaster!"). Mein Hotel in den ersten Tagen hab ich immer online vorbestellt für den Abend. Nur um sicher zu gehen. Was für ein Schwachsinn. Ich mied auch in den ersten Tagen alle anderen Pilger. Alle anderen Menschen. Vor allem alle Männer. Ich hatte die Schnauze bis oben hin und noch weiter voll. Tja und dann passierte an meinem dritten Pilgertag etwas, das mein Leben verändern sollte. Wie so oft, machte Sabrina in der früh ganz gechillt, erstmal Käffchenpause. Zu diesem Zeitpunkt war ich noch in keinem einzigen Café, in keiner einzigen Bar. Meinen Kaffee habe ich mir immer in einem Supermarkt geholt, in meine Tasse umgefüllt und mich auf ein Bänkchen gesetzt. *„Kind, leg da a Deckn drunter!!"* Jahaaaaa. Ich konnte keine anderen Pilger ertragen. Die sahen alle so professionell aus! Ich wollte doch einfach nur meine Ruhe. Tja und dann ging ich und ging und ging und merkte, irgendwas lag an diesem Tag in der Luft. Dann fiel mir voller Entsetzen auf: Fuck, ich hab heut früh vergessen, mir ein Hotel für heut Abend zu reservieren.......mmmh naja. Egal. Ich machte mal wieder kurz auf einer Bank Päuschen. War der Plan. Ich will nicht dran denken, wie schrecklich es gewesen wäre, wenn mein Plan aufgegangen wäre. Es ist eigentlich immer ein großes Glück, wenn Pläne nicht aufgehen! Also Sabrina will Pause machen. Eine Bank weiter setzte sich ein Däne. Was für ein lustiger. Da Sabrina aber niemals unhöflich ist, erfüllte sie ihm seinen Wunsch und cremte seine Handgelenke mit Sonnencreme ein und ich glaube, verbunden habe ich ihn auch noch, weil sich dieser Depp im Eifer mit seiner Durchschnittsgeschwindigkeit brutale Blasen gelaufen hat. Ein Hoch auf Hirschtalg an dieser Stelle! Blasen???? Pfffff, Blasen sind was für Anfänger. Angebrochene Sprunggelenke sind die neuen Blasen!!!! Mein Straubinger Orthopäde hätte hierzu ein Kapitel verdient: *„Sie san mit dem kaputten Hax no 100 Kilometer weida ganga??? Ganz schee bled! Oba a ganz schee cool!!“ („Sie sind mit dem kaputten Fuß noch 100 km weiter gegangen? Ganz schön blöd, aber auch ganz schön cool!“).* Naja zurück zu dem Deppen auf der Bank. Ich zog weiter und ließ ihn sitzen, nachdem er mir freundlichst angeboten hat, mit ihm ein Stückchen zu laufen. Mann, echt jetzt??? Kann man nicht mal hier seine Ruhe haben???? Ich lief also weiter. Er überholte mich ziemlich schnell und versuchte es erneut. Ohne Erfolg. Ich fing an rückwärts zu laufen, in der Hoffnung, ihn nicht mehr sehen zu müssen. Bei seiner Geschwindigkeit sollte er heut Abend bereits in Santiago sein dachte ich mir! Ich ging und ging und ging und sang.... *“naaaaanaaaaaaanaaaaaa!!!!“*...Ich kam an einen Schotterweg. Von der Weite sah ich ein schnuckliges kleines Dörfchen. Ich sah einen

Kirchturm. Und ich sah eine Mauer, auf der stand. **BAR**! Diese Bar gehörte mir. Meine erste Bar. Hier will ich meinen ersten café con leche in einer Bar trinken. Hier will ich mir meinen ersten Pilgerstempel von der ersten Bar holen. Hier will ich meine erste Zigarette auf dem ganzen Jakobsweg bisher rauchen! Ich hatte zu diesem Zeitpunkt eine komplett volle geschlossene Schachtel im Gepäck. Irgendetwas zog mich magisch zu dieser Bar. Ich glaub, irgendwer zog mich an der Hand dahin. Ich lief also weiter, bis ich die Bar erreicht habe und die Menschen dort sah. Und wer kam in diesem Moment aus der Tür. Genau. Der Depp von der Bank. Oh no!!! Er: *„Hey ja Sabrina, machst du jetzt schon wieder Pause oder willst du doch mit mir weitergehen? Wo schläfst du denn heute Nacht?“* Meine Antwort im Dialekt: *„Du ppph i woaß net amoi, wie des Kaff hier hoaßt, aiso woaß i a net, wo i heid schlaf. Spontan!“* (*„Du ppph, ich weiß nicht einmal, wie dieses Kaff hier* *heißt, also weiß ich auch nicht, wo ich heute schlafe. Spontan!").* Er ging ziemlich zügig weiter. Ich glaube, ich konnte es nicht mehr unterdrücken, die Augen zu verdrehen. Und dann lachte jemand und klinkte sich in meinem Leben ein. Er fiel mir schon auf, als ich der Bar näher kam. Habe mir aber nichts weiter gedacht. Außer dass mich ein komisches Gefühl umgab. Er hatte eine Sonnenbrille auf und ein Cappy. Er hatte einen Kaffee oder ein Bier auf dem Tisch stehen, das weiß ich nicht mehr. Er hatte eine Kamera auf dem Tisch und schrieb nebenbei etwas. Dann sah er mich an und gab folgendes von sich: *„Den Dialekt kenn i!!!!"* Ich, natürlich erstmal mindestens genauso genervt wie beim Bankdeppen: *„Ach, a Bayer!"* Er: *„A Niederbayer bitte gei!!!!"* Puuuuuh echt jetzt? Ich glaub, ich ertrag heut nichts mehr!!!!! Unser Deal war schnell gemacht. Er organisierte Kaffee und dafür bekam er von mir eine Zigarette. Er hatte nämlich 4 Monate vorm Jakobsweg aufgehört und war zu diesem Zeitpunkt eigentlich Nichtraucher. Eigentlich. An dieser Stelle möchte ich betonen, dass meine volle Bigpack- Schachtel am Abend in der Hippieherberge leer war. Schlimm diese Nichtraucher. Ein paar Minuten drauf erfuhr ich, dass er wie ich kaffeeverrückt, Redakteur und Fotograf ist. Echt jetzt???? Boah ne, das war zu viel des Guten.

Kurz drauf kehrte Dieter in unserer Bar ein. Mit der Lisa. Was aus Lisa geworden ist, weiß keiner so genau. Sie blieb irgendwo in einem Kloster hängen. Ich glaub, da könnte sie heute noch sein.
Zurück zu Dieter.
Dieter kann man nicht beschreiben, den musste man erlebt haben. Dieter war jemand, der aus dem Nichts anfing, Flöte zu spielen.
„Sabrina, trink nicht so viel, Sabrina, iss mehr, Sabrina, rauch nicht so viel!“ Ich hatte das Gefühl, mein Papa lief neben mir hier! Ich hatte ihn

sofort ins Herz geschlossen. Ein wahnsinnig toller Mensch, von dem man viel lernen konnte, der neugierig auf die Welt und die Menschen war. Ein Wissenschaftler und Planer durch und durch. Er glaubte nur an das, was er beweisen konnte. Zumindest anfangs seiner Reise. *„Du sag mal Sabrina, wie können denn die Leute den Scheiß mit der Kirche und Gott glauben???? Echt jetzt? Die spinnen doch alle!!!“ „Äh du Dieter, ich wär mit solchen Aussagen hier eher vorsichtig! Wir pilgern gerade zum Grab vom heiligen Jakobus!“*

Mein Dieter.
Ach, du und dein Lachen.
Du und deine Lieder.
Ihr fehlt mir jeden Tag!!!
Ach, mein Dieter.

Dieter und Ulli in der Kombi

erinnerten mich an meine Helden aus meiner Lieblings-Filmtrilogie aus meiner Kindheit.

Dieter und Lisa blieben noch länger auf einen weiteren Kaffee sitzen, Ulli und ich machten uns auf den Weg. Warum wir zusammen weiter gingen, weiß ich nicht mehr. Da gab es gar keine Diskussion, das war irgendwie sonnenklar, dass unser Weg hier gemeinsam weiter gehen wird. Was wir die nächsten Tage erlebten sollten, grenzt an Wahnsinn und ein Wunder. Wenn es mir an diesem Tag jemand verraten hätte, was uns erwarten wird, hätte ich es ihm nicht geglaubt!

Echt jetzt?!?

Ja, echt jetzt!

Kapitel 10

Wenn dein Mut keinen Bock mehr hat, gehst halt alleine weiter!

Tag 4

14. April 2017 El Ganso über das Cruz de Ferro nach El Acebo 24,2 km

8:30 - 18:00 Uhr

Nachdem Ulli und ich den Tag zuvor gemeinsam in einer Hippie-Herberge landeten und einen

unglaublich lustigen Abend mit all den anderen Pilgern aus aller Welt erlebten, weckte er mich nach zwei Stunden Schlaf mit meinen Lieblingsworten, die ein Mann sagen kann: *„Sabrina, ich hab Kaffee gemacht!"* Echt jetzt?!? Was für ein toller Kerl! Das merkte ich einen Tag zuvor schon, denn er hatte sich fast für mich geschlägert, nachdem ein sehr angetrunkener und zugekiffter männlicher Pilger nicht bei mir landen konnte und seine noch glühende Zigarette auf mich warf. So einen Moment erlebte ich nur einmal. In der Regel sind alle Pilger sehr harmlos. Ich habe keinen Pilger kennengelernt, der auf der Suche nach Liebe oder Sex war. Auf den Jakobsweg geht man, damit einen das findet, was man braucht. Sei es die Begegnung mit Gott, mit sich selbst, mit Menschen, Ruhe, ein Abenteuer mit der Natur und dem Leben. Heute stand das „Cruz de Ferro" auf dem Programm. Das Eisenkreuz, an dem man seine Sorgen niederlegen sollte. Dies tun Pilger in Form von Steinen, Bildern und Gegenständen, die ihnen etwas bedeuten. Ich habe von zuhause von vielen jede Menge Sorgen mit auf den Weg bekommen. Ich traute mich kaum, mich an diesem Tag auf den Weg zu machen, denn ich wusste, es wird emotional werden. Ich trug da ja schließlich so einige Sorgen mit mir mit! Man geht und geht und geht. So ein Tag scheint nicht zu vergehen. Natürlich kam irgendwann die Frage aller Fragen von Ulli: *„Warum bist du hier?“*. Tja, gute Frage, warum bin ich hier? Meine Erwartungen waren sehr groß. Ich hoffte so sehr, dass dieser Weg Wunder bei mir wirkt. Dass ich gesund werde. Dass ich geheilt werde. Dass ich mich wieder finde. Aber dieser Weg war bis dato einfach nur anstrengend und ich fragte mich ständig, warum sich die Leute das hier freiwillig antun. Wir redeten uns vieles von der Seele. Wir erzählten uns unsere Geschichte, die für unser Leben

geschrieben wurde. Wir fühlten uns sehr schnell zueinander angezogen. Er hatte so etwas ruhiges, wohltuendes an sich. Auch wenn er seit zwei Stunden behauptet hat, wir wären gleich da! Und plötzlich waren wir da. Am Cruz de Ferro. Er ließ mich allein. Ich packte meine Steine, meine Sorgen aus und lag sie ab. Ich dachte dabei an ganz viele Menschen in meinem Leben und betete für sie. Es war ein ganz besonderer, intimer, emotionaler Moment mit mir selbst. Aber alleine hätte ich das nicht geschafft! *„Ulli, du armer Kerl. Ohne mich wärst du schon seit 5 Stunden da oben!" „Ach Schmarrn!!! Seit 6!"* An diesem Tag habe ich verstanden, dass man seinen Camino alleine geht, gehen muss, auch wenn jemand neben, vor oder hinter dir läuft und zur Seite steht.
Ich ging meinen Camino alleine!
Mit Ulli an meiner Seite!

Ich dachte immer, meine Füße tun weh!

Doch es war mein Herz
und an dem Tag, als ich Ulli kennenlernte,
hat es aufgehört, weh zu tun.

Echt jetzt?!?

Ja, echt jetzt!

Ich durfte wieder Zeilen aus einem Brief lesen,
die mir die Tränen nur so herunter
laufen ließen...:

„Liebe Bruni, ich glaube, ab sofort darf ich dich Pilgerin nennen. Ich würde so gerne wissen, wie du dich fühlst.......Für mich als beste Freundin ist das alles wahnsinnig aufregend. Sicherlich hast du dir schon 1000x die Frage gestellt, warum du das hier alles machst. Ich bin mir gar nicht sicher, ob es auf

diese Frage eine Antwort gibt. Die Antwort, wenn es eine gibt, bekommen wir wohl erst in ein paar Wochen von dir. Ich kann es immer noch nicht glauben, dass du weg bist. Ich frage mich auch, wie oft bei dir schon die Tränen gekullert sind, das muss alles so emotional sein. Ich würde dich gerade so gerne drücken. Ich denke so oft an dich und an all das, war du in deinem Leben und vor allem die letzten 1,5 Jahre durchlebt hast. Ach Maus, glaube mir, es gibt alles einen Sinn und ich wünsche dir nur das Beste und das aus tiefstem Herzen...Du weißt und ich weiß, dass ER DEIN MANN für´s Leben ist! JA, ER ist es!...Wenn du glücklich bist, dann bin ich es auch. Ich werde dich immer unterstützen und dir immer beistehen. Ich wünsche mir so sehr, dass du das Glück deines Lebens bekommst und ich dir einen Teil von dem, was du uns gegeben hast, zurückgeben kann. Du bist die beste Freundin, die man sich wünschen kann. Ich bin so froh, dass meine Tochter miterleben kann, wie Ihre Mama wahre Freundschaft genießen kann. Ich hoffe, meine Tochter findet auch so eine tolle Freundin. Der kleine Räuber hat mich inzwischen schon zig Mal nach ihrer „Mina“ gefragt. Ich freue mich schon sehr auf unser Wiedersehen. Ich frage mich gerade, wie weit du inzwischen gelaufen bist, wo du heute Nacht schläfst, was du gegessen hast, wie´s deinen Füßen geht.........Ich drück dich ganz fest...........“

Kapitel 11

Liegt das was in der Luft?!?

Tag 5

15. April 2017

Von El Acebo nach Ponferrada 16 km

10:00 - 16:30 Uhr

Nachdem wir nach dem Abstieg vom Cruz de Ferro in El Acebo eine mega geile Herberge mit Pool ergattert haben, bezogen wir unser Zimmer.

Ein 12er Zimmer, das wir ganz für uns alleine hatten. Wir gingen zum abendlichen Pilgermenü. Ein Pilgermenü bestand aus Salat, einer Hauptspeise (einer richtig guten!), einer Nachspeise, Wasser, Wein für gute 10 Euro. Ach, das Pilgerleben bekam mir langsam. Dieter war in der gleichen Herberge und gesellte sich zu uns. Wir verbrachten den ganzen Abend zusammen. Wir genossen im Anschluss den Sonnenuntergang. Wir waren auf 1508 Höhenmetern. Traumhaft. Die Belohnung kam immer am Ende des Tages. Am Abend wusste man immer, warum man sich das antat! Ulli, Dieter und ich saßen bis spät am Abend zusammen und lachten uns die Seele aus dem Leib. Dieter verabschiedete sich. Ulli und ich gingen kurz darauf auch in unser tolles Chalet mit furchtbar romantischen Hochbetten. Aber hey, für 10 Euro die Nacht war das ein absoluter Traum. Sogar Frühstück war in diesem Preis dabei. Ulli saß sich neben mich und wir küssten uns. Da gab es kein Feuerwerk. Es fühlte sich so an, als würde ich diesen Mann schon mein Leben lang kennen. Es fühlte sich vertraut und geborgen an. Wir lagen uns die ganze Nacht in den Armen und kuschelten uns zusammen. Dieter konnten wir vom Nebenzimmer aus mit seiner Ukulele hören. Fehlte nur noch, dass er singend in unser Zimmer stürmte. Auch Dieter merkte schnell die Anziehung und Verbundenheit zwischen Ulli und mir. Am nächsten Morgen frühstückten wir gemeinsam und zogen zu dritt los. Ein tolles Gefühl, nicht allein sein zu müssen, wenn man nicht wollte. Und so gingen wir drei. Wir redeten über Gott und die Welt, wir lästerten über andere Pilger, wir kamen mit anderen netten Pilgern ins Gespräch, wir redeten uns unsere Sorgen von der Seele, Dieter holte seine Ukulele aus dem Gepäck und sang uns dazu Wanderlieder vor. Ulli und ich schwelgten in Kindheitserinnerungen. Wir sangen. Wir redeten über unsere Lieblingsserien, die uns unsere Papas zeigten und erklärten Dieter alles, denn Dieter stammte aus dem Norden. Ulli und ich kamen uns minütlich näher und näher. Er half mir bei einem steilen Aufstieg. Er reichte mir seine Hand. Erst zögerte ich, denn ich hasste es, wenn Männer meinen, ich wäre ohne sie aufgeschmissen. Doch irgendwann nahm ich sie. Und wollte sie nie mehr loslassen. Er lieh mir auf dem Berg seinen/unseren grünen Pulli, denn ich schickte in Léon ja 4 Kilo Gepäck nach Hause, darunter auch einen Pulli, ich Volldepp. Ich erzählte ihm auch von diesem Mann, der mich die Jahre zuvor emotional zum Wrack machte. Es war wie Balsam für meine Seele, als er mir sagte, wie fantastisch ich sei und eine absolute Traumfrau wäre. Und das verrückte: ich glaubte ihm das. Er sagte mir aber auch, dass ich mich nicht gezwungen fühlen soll, mit ihm zu gehen, wenn ich lieber allein sein möchte. Aber er sehr gerne mit mir diesen Weg weiter gehen möchte. Keine Ahnung, wohin der Weg uns im Leben führen wird, eines wusste ich aber da schon: vorerst nach Santiago de Compostela. Was noch verrückter war: egal, wie kaputt ich war, aber ich war zu diesem Zeitpunkt bereits nicht mehr bereit, in ein Taxi zu steigen. Ich wollte diesen Weg mit meinen Füßen bewältigen. Auch wenn Ulli mich oft fuchsteufelswild machte, wenn er behauptete, es seien nur noch 800 Meter, in Wahrheit aber 6 km, wenn er merkte, dass mir die Kraft ausging. Aber ich bin auf den Geschmack des Pilgerns gekommen, auch wenn ich manchmal so richtig zum Mädchen wurde. Ich kam gar nicht mehr klar, mit all dem puren Leben und all den Abenteuern, die ich dort erlebte. Ulli ging es genauso. Er sagte immer, das wird uns daheim sowieso niemand glauben, was wir hier alles erleben. Es war wie in einem Film. Wir kamen an wunderschönen Orten vorbei. An traumhaften Landschaften. An idyllischen Altstädtchen, Kirchen, Kapellen, malerischen Cafés. Es war wie in einem Märchenbuch. Dieter´s Erkenntnis an diesem Tag war: *„Alles, was man im Leben braucht, ist Liebe! Ne stop sorry, money!!! Und ab und zu ´nen Keks!“*. Ich denke so gerne an Dieter´s liebevoll vorbereiteten Brotzeiten zurück. Seine Sandwiches hatten immer eine Tomate oder eine Gurke darin. Immer, wenn wir Pause machten (und die machten wir oft!!!), saßen wir da und genossen Dieter´s Baguettes. Er hätte sein letztes Hemd mit uns geteilt! Ab und an saßen wir einem kleinen Bach oder auf einem Berg mit Blick auf´s Tal. Gibt es etwas Schöneres? Und mal ganz ehrlich: Wenn die Jungs mich nicht gehabt hätten, dann hätten sie das alles gar nicht wahrgenommen! Die wären daran vorbei gerauscht! Ich habe sie täglich mehrmals zum Pause machen angestiftet. Wir waren bald sehr bekannt auf dem Camino und erhielten den Namen: ***„Die Pausen-Gang!“.*** Aber die Pausen-Gang sollte noch nicht komplett sein. An diesem Abend kamen wir in der herrlichen Stadt Ponferrada an. Wir fanden eine sehr schöne, gemütliche Herberge, die sogar für uns die Wäsche machten, und bezogen ein 4er-Zimmer. Am Abend fanden wir eine richtig geile spanische Tapas-Bar mit einem Flair zum versumpfen. Neben uns fand eine Karsamstag-Prozession statt. So etwas habe ich in meinem Leben noch nicht gesehen. Ich war eigentlich nicht wirklich gläubig, bis ich den Jakobsweg ging. Seitdem haben Kirchen und Kapellen eine ganz magische Wirkung auf mich! Warum? Das musst Du schon selber heraus finden! Ich kann Dir ja nicht das ganze Geheimnis des Camino verraten. Wir hatten folgende Situation, die den Camino sehr gut beschreibt: Ulli sagte: *„Schön langsam versteh*

ich, worum es auf diesem Camino hier geht! Wenn mir ein Uruguayer erzählen würde, dass er hier eine Schweizerin, die aber kein Englisch kann, kennengelernt hat, sie heiraten will und mit ihr nach Jamaika auswandern will, hätte ich ihn vor einer Woche gefragt, ob er bissl spinnt! Heute würde ich sagen: ja mach, why not? Wieso auch nicht! Gute Reise!" und ich verstand ihn, was er meinte! Ulli fragte mich an diesem Abend noch, ob ich immer so viel lachen würde. Ich sagte: *„Nein, ich habe schon lange nicht mehr so viel gelacht wie auf dem Camino!"* Er antwortete:
„Hör nicht auf damit, du bist wunderschön, wenn du lachst! Aber wenn du weinen musst, dann finde ich dich genauso schön!"

„Echt jetzt?!?"

„Ja, echt jetzt!!!!!!"

Kapitel 12

„Ist Jesus jetzt auferstanden?"

Tag 6

16. April 2017 Ostersonntag von Ponferrada

nach Cacabelos 17,8 km

9:00 - 17:00 Uhr

Fragte Dieter, als bei einer Osterprozession ein Kanonenrohr los ging. Dieter war ein Spaßvogel. *„Es geht nur noch downhill, also alles easy jetzt,*

Sabrina!!!" Denn ich fluchte vom vielen bergauf! Ein wunderschöner Ostersonntag! Ich habe sogar einen Hasen im Feld gesehen! Wie jeden Tag herrliche Landschaften. Mächtige Berge. Malerische Altstädtchen und Gassen. Verlassene Örtchen, in denen man sich denkt: Wenn ich jetzt tot umfalle, findet mich niemand mehr!!! Die Schönheit der Natur möchte ich Dir in meinem Buch gar nicht beschreiben, die musst Du Dir selber ansehen! Hier kam man nicht nur körperlich an seine Grenzen, sondern vor allem seelisch! Und das tat sooooo gut!!! Der Jakobsweg ist lachen und weinen gleichzeitig. Ich war auch an diesem Tag wie immer on Tour mit „meinen Männern". Ich heulte täglich im zwei-Stunden-Takt. Und das war gut so. Obwohl der Rucksack schwer war, wurde er von Meter zu Meter leichter. Dieser Camino kann was! Und er macht mit einem was! Aber ich hatte große Erwartungen und Angst. *„Dieter, was ist, wenn ich* *am Ende in Santiago ankomme und es geht mir nicht besser?" „Sabrina, ich sage dir was. Nicht alle Wege müssen nach Santiago führen, aber alle Wege führen zu dir! Egal, was du machst, wichtig ist immer, dass du weiter machst und nicht aufgibst. Wenn du dich verlaufen hast, na und? Dann gehst du halt in die andere Richtung. Wichtig, ist, dass du nicht stehen bleibst! Und vor allem: Nimm diesen Camino hier mit nach Hause! Trage ihn in dir! Erinnere dich immer, wie du dich auf dem Camino gefühlt hast und so musst du dein Leben leben!"* Oh Dieter, wie wahr, wie wahr! Ganz schön tiefgründig für einen Wissenschaftler! Immer wenn Dieter gesungen hat, habe ich gelacht und geweint gleichzeitig, weil er mich ganz tief bewegt hat, mit seiner Art, zu leben. Und er hatte den Menschen gegenüber einen unheimlich großen Respekt. Solche Menschen trifft man eher selten! Er war klüger wie wir alle zusammen, aber er ließ es sich nicht anmerken. Ich bewunderte diesen

Mann, welch Leichtigkeit er hatte. Ich war regelrecht neidisch darauf. Und sein Lachen.

Sein Lachen war unbeschreiblich echt.

Ach Dieter, auf Dich!

Du fehlst mir so!

Echt jetzt?!?

Ja, echt jetzt!

Kapitel 13

„Was isch Glück für disch?"

Tag 7

17. April 2017 Von Cacabelos nach Villafranca del Bierzo 9 km

9:30 - 15:30 Uhr

Am Abend zuvor checkten wir einer Herberge in der Altstadt von Cacabelos ein und teilten uns Zimmer, Paella und Bier mit dem 66-jährigen

Renée aus Rotterdam. Dieter's *„Unfassbar, nicht auszurotten diese Holländer!"* brach das Eis sofort zwischen Ihnen. So etwas wie mit Renée habe ich noch nie erlebt. Unsere Blicke trafen sich an der Rezeption. Es traf mich wie der Blitz. Ich hatte das Gefühl, als würde ich diesen Mann kennen. Seine blauen Augen konnten in meine Seele schauen. Er spürte, dass es mir nicht gut ging. Wir vier verbrachten einen tränenvollen (dank Lachen!) Abend. Der Brüller war, als Renée geschockt reagierte, dass wir unseren Pilgertag erst so spät begannen. Er fragte uns, ob wir hier im Urlaub seien. Dieter verstand das Problem nicht und fragte ihn, was er denn dann den ganzen Tag machen soll, mal angenommen wir würden uns viel zu früh auf den Weg machen...dann wären wir ja schon viel zu früh beim Frühstück usw...Ach Dieter. Ich habe ihn bereits angesteckt mit meiner Pausen-Gang-Philosophie. An diesem Abend gesellte sich zum ersten Mal die süße, schwäbelnde Halbrussin Ana kurz zu uns. Sie war da noch mit einer Mädels-Clique unterwegs. In dieser Clique war eine junge, dumme Kuh dabei, die frisch vom Studium kam, die meinem Dieter die Welt erklären wollte. Sie wusste alles und noch viel mehr. Am liebsten wäre ich ihr an die Gurgel gesprungen. Am Ende hat sich herausgestellt, dass sie kurz vor Santiago abbrach und mit dem Bus fuhr. Dumme Nuss. Unsere Ana passte nicht zu der. Ich hatte sie sofort ins Herz geschlossen. *„Du Ana, wir gehen jetz ins Grab vom heiligen Apostel Jakobus runter!"*. *„Was??? Der ist da begraben??? Echt jetzt?????"* war mein absolutes Highlight mit ihr in Santiago. An unserem letzten Tag in Santiago stellte sie mir folgende Frage:

„Du Sabrina, was isch Glück für dich????"

Meine Antwort war:

„Genau das hier. Dieser Moment hier. Ich hab Ruhe in anderen Menschen gefunden!"

Wir machten uns auf den Weg nach Villafranca del Bierzo.
Die Momente hier wurden von Tag zu Tag intensiver. Als ich mich während des Frühstücks in einer Hippie-Herberge, die wir zufällig entdeckten, geführt von einem deutschen Auswanderer-Ehepaar, kurz verkrochen habe, um ein paar Tränen loszuwerden, kam Renée zu mir, um sich zu verabschieden, er wischte mir meine Tränen aus dem Gesicht und spornte mich an mit den Worten: *„Sabrina, du bist eine Kämpferin, das hab ich schnell gemerkt, kämpf weiter, du schaffst das!!! Die Männer haben in den letzten Jahren viel angerichtet bei dir, das habe ich schnell gemerkt, wie du mich angesehen hast, aber diese zwei, die du da dabei hast, sind gute! Lass dich von Ihnen führen! Ich wünsch dir alles Glück der Welt in deinem Leben!"* Und weg war er. Ja wie bitte soll man da aufhören, zu heulen??? Ich glaube, auf dem Camino verarbeitet man mit jedem einzelnen

Schritt seine Narben auf der Seele und lässt sie dort zurück oder lernt, mit ihnen zu leben. Ich lerne hier wieder, das Essen zu genießen (meine Hosen fangen an, enger zu werden, denn während meiner Burnout-Zeit habe ich 15 Kilo verloren), ganz bei mir zu sein, zu vertrauen und das Leben trotz Höhen und Tiefen zu lieben. Meine Tränen hier fließen aber auch, weil ich sooooooo viel lachen muss, vor Freude!!! Und Dieter's, der übrigens grad 30 Jahre Überstunden abbaut,, genialen Sprüchen. Ein Spanier zu ihm: *„Many Germans are here......!"* Dieter: *„Yes yes, many Burnout-People from Germany!"*

Er erzählte täglich von seiner Frau und man konnte merken, wie sehr er sie liebte und sie mittrug. Ich sag's euch, hier auf dem Camino passierten magische Dinge! Trotz reichlicher Tränen musste ich zugeben, dass ich mich in meinem Leben noch nie freier, aber zugleich angekommener und vor allem zufriedener und glücklicher fühlte!

Echt jetzt?!?

Ja, echt jetzt!

Kapitel 14

„Dich krieg ich nach Santiago, ich versprech´s Dir!“

Tag 8

18. April 2017 Von Villafranca del Bierzo nach Las Herrerias Hospital Inglés 20,2 km

8:30 - 17:00

„Und wenn´s das letzte ist, was ich tue!“ versprach Ulli mir.

Ich merkte schön langsam meinen linken Fuß. Den habe ich mir als Kind in der Schule dreifach gebrochen. Kurz darauf kam mein Bruder zur Welt. Ich sehe heute meine Oma noch nachts neben mir liegen, als Papa mit Mama mit über 100 ins Krankenhaus gerast ist. Ich schleppte mich mit mir selbst redend und singend so dahin. Es waren schließlich schon über 100 km, die wir zurücklegten. Die Füße wurden schwerer. Die Hitze wurde anstrengender. Der Rucksack leichter. Die Sorgen weniger. Der Ehrgeiz größer. Aber die Angst vor'm Versagen auch. Und die Angst, in Santiago irgendwann anzukommen, wuchs in mir. Total lächerlich, aber ich wollte da gar nicht ankommen. Denn ich plante und baute mir in den letzten Jahren ein Leben auf, das im Prinzip gar nicht zu mir passte. Aber jetzt war ich bereit, es zu ändern, doch die Panik, dass ich wieder rückfällig werde, sobald ich wieder zuhause bin, arbeitete in mir. Ulli zog mich den ganzen Tag so mit. Und Dieter? Der machte zwischendurch immer mal wieder Gymnastik-Einlagen, während Ulli und ich turtelten und über die letzte Nacht lachten, in der wir eigentlich ungestört sein wollten, uns aber blöd vorkamen, das vor den anderen zu sagen. Wir waren hier ja nicht zum Spaß da. Aber er musste sich schon sehr zusammen reißen, weil er es äußerst sexy fand, wenn ich mit meinem Gin, den ich aus meinem Kaffeebecher trank, frisch geduscht und halbnackt im Bett lag. Aber mehr wie knutschen und händchenhaltend auf dem Berg ergab sich da noch nicht. Und das komische, es störte mich nicht. Ich genoss es einfach so, dass er mich in den Arm nahm und mich ansah. Mehr brauchte ich nicht.

Diese Etappe war ein Fluchtag. Ich mochte mich an diesem Tag irgendwie selbst nicht so recht. Und Ulli war auch noch so gut zu mir. Er achtete auf mich. Ich war das nicht mehr gewohnt. Und was macht eine verletzte Frau, die in den Jahren davor gelitten hat, dann? Aus Angst, sich zu verbrennen, ist sie blöd zu einem Mann, der es gut meint! Frauen sind einfach dumm! *„Oh fuck fuck fuck fuck off verdammte Scheiße!!!!"*. *„Das haben wir grad alle gehört, Sabrina!"* Ich fluchte den ganzen langen Tag vor mich hin! Dieter lobte mich aber am Ende des Tages, denn er merkte, dass das ein harter Tag für mich war: *„Gut gekämpft, Löwe!"* Ulli wollte mich aufheitern: *„Bitte notieren Sie: wir haben den 18.4.2017: Sabrina überholt zum 1. Mal einen anderen Pilger!"* *„Sehr lustig!"*. Best of Dieter an diesem Tag: Ana's Frage an Dieter: *„Was machst du eigentlich beruflich?"* Dieter's Antwort: *„Das frag ich mich auch jeden Tag!"* Am nächsten Tag sollte es auf'n Berg hoch gehen. Herzlichen Glückwunsch!!! Wenn ich die letzten Tage wieder etwas gelernt habe, dann eines: Wilde Herzen sollen wild sein und auch so bleiben! Ein Knutscher an meine

Seelenverwandte Susi an dieser Stelle! Fuß schmerzte, aber Weißwein holen ging noch! *„Was heißt Weißwein auf spanisch?"*. *„Sag Vino und deute auf deine Haut!"*. Ich war von Spaßvögeln umgeben! An diesem Abend lernten wir Alex aus München & Sepp aus Frankfurt kennen: *„Nach´m Camino schwimmen wir vielleicht noch in die USA mit meiner Kopflampe, dass sich's rentiert hat, bis nach Mexiko...damit wir sagen können: „Buon Camino"!"* Ach, man musste sie einfach lieben, die Männer um mich herum! Und das tat ich. All diese Männer hatten nämlich eine Sache gemeinsam:
Sie wussten, wie man eine Frau wertschätzt.

Echt jetzt?!?

Ja, echt jetzt!

DANKE, meine Camino-Männer!

Kapitel 15

„Glaubst du an Gott?“

Tag 9

19. April 2017 Von Las Herrerias nach Linares

12,5 km

8:30 - 17:00

Fragte Ana mich an diesem Tag, während sie auf dem Berg betete. Sie war mittlerweile fester Bestandteil der Pausen-Gang. Dieter fragte mich wiederum, was sie da tat und warum sie es tat. *„Dieter, sie betet!“*. *„Ja, aber warum? Meint sie, wir kommen deswegen schneller an?“*. Auf ihre Frage hatte ich allerdings zu diesem Zeitpunkt noch keine Antwort. Denn ich fluchte immer noch vor mich hin: *„Wer zum Teufel hat sich bitteschön diesen Scheiß hier ausgedacht??????“* Aber mir war klar: Vielleicht gibt es keinen Gott, aber es gibt da oben definitiv etwas, sonst wäre ich nicht hier und vor allem **immer noch** hier!!!! Mittlerweile habe ich das Zeitgefühl verloren. Tagtäglich fragte ich mich, welchen Tag wir haben und welches Datum. Ein gutes Zeichen. Ich war voll drin im Abenteuer Jakobsweg. Während ich morgens noch ein Minütchen im Bett „duselte“ (döste), schnappte sich Ulli immer schon heimlich meinen Kaffeebecher, der an meinem Rucksack befestigt war, um mir frischen Café con leche ans Bett zu bringen. War er nicht süß. Ana und ich quatschten viel an diesem Tag. Wir befürchteten, wir würden zuhause gar nicht mehr klar kommen, nachdem, was wir hier erleben durften. Wir zeigten uns gegenseitig Bilder von uns aus unserem Leben, von unserem Alltag. Auch welche in *„aufgebitchtem"* Zustand. Wir hätten uns beide gegenseitig kaum erkannt. Zuvor hatte ich lange Haare mit ein paar kleinen Naturlöckchen. Vor meinem Camino habe ich sie radikal abschneiden lassen. Ana hatte ihre lange, wallende Mähne auch jeden Tag unter ihrer Cappy versteckt. Wir vermissten beide das „Frau sein", sich hübsch machen. Ich verriet ihr auch, dass ich es leid war, die „Sexgöttin" für die Männer zuhause zu spielen. Sie verstand sofort, was ich meinte. Ihr fiel auf, dass ich auch auf dem Jakobsweg eine laut ihr *„unglaublich faszinierende"* Wirkung auf die Männer hatte und manche nicht ihre Blicke von mir lassen konnten. Wir überlegten, an was das liegen könnte. Stand auf meiner Stirn *„Leicht zu haben?"* oder *„Gut zu vögeln?"*. Wir beide stellten fest, dass wir Sex liebten. Einmal fielen wir am Ende unserer Etappe tot auf eine Bank und dachten beide das gleiche: *„Boah, das gerade ist 1000x besser als Sex!!!!“*. Ach, meine Ana. Sie konnte auch in meine Seele sehen und spürte meine Schmerzen. Auch sie war ein wichtiger Bestandteil meines Heilungsprozesses und dafür danke ich Dir! Sie verurteilte mich für nichts, was ich in den letzten Jahren tat. War es noch so dumm und selbsterniedrigend. Sie half mir dabei, meine Würde und meinen Stolz als Frau wieder zu finden. Ich erinnere mich noch gut, als sie mir von ihrer Arbeit als Krankenschwester erzählte und wie sie als Kind deutsch lernen musste und wie sie in einem Buch einen *Herbert* suchen musste. Ach, ihre schwäbelnde Stimme...ich vermisse sie! Naja, weiter ging unsere Etappe bergauf. Hippies mit Esel, die uns überholten, oder ein Pferd, das allein nach unten an uns vorbei galoppierte, waren mittlerweile total normal! Alle Lieder der 90er Boybands-singend kämpften wir uns vorwärts bergauf. Am Ende tot, aber glücklich! *„Sabrina, weißt du, wo wir gerade sind und wann der nächste Ort kommt? Und wie weit sind wir jetzt genau von Deutschland weg???". „Mich darfst sowas nicht fragen, ich hatte im Erdkunde Abi nur 3 Punkte! Ich lauf nur meinen Männern nach und singe…"*

„Echt jetzt?!?"

„Ja, echt jetzt!"

Kapitel 16

„Sagenhaft, dieser Gin!“

Tag 10

20. April 2017 Von Linares nach Triacastela 18 km

9:30 - 18:15 Uhr

HALBZEIT 144,1 km in 8 Tagen

Ein Abend zuvor: *„Sehr romantisch jetzt in dieser*

Herberge, ich weiß, aber ich hätte da 'ne Frage: Darf ich mit dir schlafen? Oder gehen wir erst nach Santiago???" fragte Ulli mich in unserem Doppelzimmer zuckersüß. *„Ich würde echt gerne, aber der Sex hat mir die letzten Jahre so viel kaputt gemacht! Wenn meine Beffi wüsste, dass wir zwei noch nicht miteinander geschlafen haben, würde sie mir gerade einen Orden verleihen!"*. *„Hey, Brauni!"* nannte mich Ulli mittlerweile auch schon. So nennt mich meine Beffi immer. *„Jetz' hör mir mal gut zu!!! Eigentlich dachte ich, du würdest aus deinem Rucksack heute für mich das kleine Schwarze auspacken, aber ok, dann eben nicht. Ich lieg neben einer schönen, nein stop, bild-und wunderschönen, mal ganz abgesehen davon, halbnackten Frau. Und ich bin echt nervös und muss mich echt zusammen reißen, aber wir müssen jetzt nicht miteinander schlafen, wenn du nicht willst! Also Brauni, hör dein Reden auf und küss mich! Ich bin zwar Journalist, aber mit dir fehlen mir echt die Worte,* *du Wahnsinnsfrau! Hör auf, an dir zu zweifeln! Er war der Arsch, nicht Du, Du kannst nichts dafür!!! Und jetzt küss mich!*"...danach schlief ich seelenruhig in seinem Arm ein...ein paar Stunden später am nächsten Morgen nach ein paar Kilometer sagte ich meinen Lieblingssatz: *„Dos café con leche e uno café americano, por favor!"* Ich hatte mittlerweile ein wenig Sehnsucht nach meinen Liebsten, aber irgendwie wollte ich auch nicht mehr heim! Ich hatte so große Angst, in Santiago wirklich anzukommen, weil ich hier jede Minute genoss und Angst hatte, mich danach nie mehr so befreit und glücklich zu fühlen wie hier, doch hier wurde mir auch bewusst, wie sehr ich daheim alle liebe! Ich hatte meine Lieben bei jedem einzelnen Schritt fest im Herzen. An diesem Tag war Halbzeit für Ulli und mich. Das schrie nach einer Gin-Sause am Abend inkl. einer Gesangseinlage von Dieter und dem letzten Pausen-Gang Mitglied an Bord: Jörg. *Joe*, mein guter alter Joe. Joe wurde von Ana aufgegabelt. Wo genau weiß ich gar nicht mehr. Für ihn war dieser Jakobsweg ein Spaziergang! Er ist u.a. Lauftrainer in Berlin und somit ein Motivator wie er im Buche steht, mit dem ich auch gerne über das Leben und vor allem die Freiheit philosophierte und Tränen gelacht habe. Unsere Pausen-Gang sollte so komplett sein. 3 Männer. 2 Frauen. 5 Menschen. 5 Menschen, wie sie unterschiedlicher nicht hätten sein können. 5 Leben. 5 Schicksale. 5 Päckchen zu tragen. 5 Träume. 5 Menschen und ein gemeinsamer Weg, der uns immer gehören wird und den wir für immer ins uns leben lassen werden. Das haben wir uns geschworen. Dieter sprach nach unserer Gin-Sause noch ein letztes Gute-Nacht-Gin-Gebet für uns alle aus:

„Leute, ist euch aufgefallen, dass auf diesem Camino lauter Anti-Naturwissenschaftler anwesend sind! Die glauben echt alle an Gott! Nicht zu fassen!

Na gut, dann: Gott bewahre uns vor Feuer! Und der Kirchensteuer! Gute Nacht, meine Lieben! Ach, was hatten wir Spaß heute! Diese paar Tage auf dem Jakobsweg kommen mir vor wie mein halbes Leben!"

Wir schliefen ein und dann geschah am nächsten Morgen etwas furchtbares für mich!

Echt jetzt?!?

Ja, echt jetzt!

Zur Halbzeit durfte ich wieder ein

Briefchen lesen:

„Hallo Frau Pilgerin,

ich liege gerade auf der Couch und schaue auf

unsere Fotocollage vom Wellness in Bad Gastein...das war eines meiner schönsten Wochenenden. Angefangen vom Shopping bis hin zum grandiosen Konzert. I sag nur „N. FOREVER"! Gut, die Heimfahrt war nix, die streichen wir. Abgesehen von diesem Wochenende haben wir beide schon wirklich viel erlebt. Ich habe so viele tolle Erinnerungen im Kopf. Von unserer kirchlichen Trauung, unseren Caorle-Urlauben, Casino-Besuche (100 auf Rot!!!), tollen Shootings, Geburtstage, Feiern bis hin zu unseren mittlerweile legendären Frühstücken. Ich habe gelesen, dass zwei Freunde sich nur im Herzen ähneln müssen, in allem anderen dürfen sie grundverschieden sein. Das trifft ganz gut auf uns beide zu. Ich würde sehr gerne wissen, wo du gerade bist. Ich hätte gerne eine Orientierung, wo du dich aufhalten könntest. Vielleicht hast du auch schon meinen Stein niedergelegt, ich hoffe, unsere Sorgen rücken mit dieser Geste in den Hintergrund. Maus, ich habe mir gedacht, heute darfst du dir mal „Wellness" gönnen und nimmst dir ein schönes Hotelzimmer. Hab dir etwas Geld ins Kuvert. Lass es dir bitte gut gehen. Halte ganz fest weiterhin durch und bleibe tapfer! Bussi"

...im nächsten Brief *„Wenn dir danach ist..."* fand ich ein selbst gemaltes Bild ihrer Tochter für mich, für ihre *„Mina"*, das mich zu Tränen rührte. Ich konnte zwar nicht genau entziffern, was es genau darstellen sollte. Es hätte vieles sein können. Aber es war so schön bunt.

Ich hatte mittlerweile ganz schön Sehnsucht nach meiner Familie und meinen Freunden und wusste gar nicht, was ich antworten sollte, wenn sie mich eines Tages fragen würden, wie es war, denn den Jakobsweg kann man nicht beschreiben, man muss ihn erlebt haben und selbst gegangen sein.

Ich hoffe sehr, du kannst Dich ein wenig in meinen Camino hinein denken und würde mich sehr freuen, wenn Du mein Buch immer noch in den Händen hältst.

Kapitel 17

„Wo zur Hölle ist Dieter????????“

Tag 11

21. April 2017 Von Triacastela nach Sarria

19,5 km

8:45 - 17:45 Uhr

Ein harter Morgen für mich: 3 km weit und breit keine Bar!!! Dann muss man halt Chips im Nirgendwo auspacken! *„Und du wolltest die Chips*

wegschmeißen! Was würdest du jetzt ohne meine Chips machen?". *„Mir weiterhin dein Gejammer anhören!!!".* Dieter war dann einfach mal so weg, um seinen Weg nach Sarria alleine weiter zu gehen. Ich habe bereits nach ein paar Minuten angefangen, ihn und seine einzigartige, besondere herzliche Art und Weise und seine Fähigkeit, mich minütlich zum Lachen zu bringen, so sehr zu vermissen, obwohl ich ihn erst seit so kurzer Zeit kannte. Rotz und Wasser habe ich geweint! Da er aber seinen Hut vergessen hat, waren wir natürlich gezwungen, ihn irgendwo wieder aufzugabeln! Unsere süße Schwäbin begrüßte uns aus der Herberge aufbrechend schon aus der gegenüberliegenden Bar mit einem Lachen: *„Huhuuuuu, Kaffee?!?!?“* Außerdem durfte die Pausen-Gang gestern ja ein neues Mitglied begrüßen: Joe. Achtung, ich zitiere: *„So spät wie mit euch bin ich noch nie ins Bett gekommen und noch nie so spät los gepilgert!"* Tadaaaaaa!

Willkommen in der Pausen-Gang! Er hat unsere Philosophie sofort verstanden. Kurzzeitig wollte ich mal wieder abbrechen.......und dann.......dann „erschien" mir mein Papa wieder aus dem Nichts. Eines seiner Lieblingslieder stand auf einem Stein. Was mir auf dieser Etappe auch bewusst geworden ist, war Folgendes: Etwas neues Schönes kann nur nachkommen, wenn man etwas Vergangenes hier auf dem Camino zurücklässt, es akzeptiert, ruhen lässt und der Magie des Anfangs vertraut. Die schönsten Geschichten schreibt immer noch das Leben, denn eines Tages holt dich jemand genau da ab, wo dich ein anderer alleine zurückgelassen hat. Ach ja, und am Ende des Tages haben wir Dieter wieder eingeholt. Ich habe ihm seinen Hut gebracht. Sein Blick war unbezahlbar.

„Ach, meine Sabrina, meine Löwin,

ich danke Dir!"

Die Pausen-Gang verbrachte einen wunderschönen Abend in Sarria mit gutem Essen für den Magen und gutem Wein für die Seele. Hier ahnte ich noch nicht, dass mich am nächsten Tag mein Camino gewaltig auf die Probe stellen wird, mich an meine körperliche Grenze bringen würde und den Rand des Wahnsinns treiben wollte, denn das, was ich am Tag darauf erlebte, sollte mein Schicksal werden, um mein Vertrauen in die Männerwelt wieder zu finden, meinem Wert als Frau und Mensch endlich wieder bewusst zu werden und die Stärke in mir, die noch in mir schlummerte, zu erfahren.

Der Jakobsweg stellte an diesem Tag die Weichen neu für mich und vor allem für meine Zukunft.

Echt jetzt?!?

Ja, echt jetzt!

Kapitel 18

„Sie wissen schon, dass Sie in die falsche Richtung laufen, oder???"
„Ach, echt jetzt?!?"

Tag 12

22. April 2017 Von Sarria nach Portomarin 30 km

9:00 - 22:00 Uhr

Tja, wo fang ich an und wo hör ich an diesem

Tag auf.

Dieser Tag war ein filmreifer 13-Stunden-Tag.

Morgens hat Dieter zur Abwechslung mal nicht seinen Hut vergessen, sondern seinen Glücksbringer liegen lassen. Ich erlebte diesen Tag als den aufwühlendsten und unrealistischsten Tag auf dem Camino. Ich war den ganzen Morgen schon gereizt. Irgendetwas lag in der Luft. Ich ging mit Ana. Die Männer gingen voraus. Ulli hinterließ uns alle paar Meter auf einem Stein eine Botschaft mit Insider-Sprüchen der Pausen-Gang. So süß. Ich realisierte an diesem Tag, wie wichtig er mir geworden ist. Zwei Tage zuvor habe ich von ihm einen Anhänger für meinen Rucksack geschenkt bekommen. Nach ca. einer Stunde machten wir Mittagspause. Ana und ich kamen an der Bar an, an der wir uns alle treffen wollten. Neben Ulli saß eine Pilgerin. Ich fing an, zu eifern. Dann merkte ich, dass ich keine Zigaretten mehr hatte, aber was noch viel schlimmer war, ich merkte, dass ich auf den letzten drei Kilometern an diesem Morgen meinen Anhänger von Ulli verloren habe! Joe scherzte: *„Oh je, erst verlierst du deinen Camino-Anhänger, dann sind die Zigaretten aus...der Tag kann nicht gut enden, wa, Sabrina......?!?“* Dieser Tag schien einfach nur beschissen zu werden! Ulli versuchte mich, aufzuheitern, aber für mich war das ganz, ganz schlimm. Denn ich hatte etwas gutes gefunden, aber achtete nicht darauf, wusste es wohl nicht zu schätzen. Ich führte einen innerlichen Kampf. Der Anhänger stand für mich für Ulli. Joe, Dieter und Ana pilgerten weiter. Ich behauptete, ich würde noch einen Kaffee bestellen und dann nachkommen, aber ich habe im Stillen beschlossen, zurückzugehen, um diesen gottverdammten Anhänger wieder zu finden. Ich verabschiedete mich anders als sonst von ihnen, denn ich dachte, ich würde sie alle nie mehr wieder sehen! Ulli wollte mir beim zweiten Kaffee Gesellschaft leisten, aber ich sagte ihm, er solle mit den anderen weiter gehen, weil ich angeblich meine Ruhe haben wollte. Er: *„Sicher??? Echt jetzt?“* Ich: *„Ja, echt jetzt! Sicher! Geh!“* Er ließ mich ungern zurück, das sah ich ihm an. Aber er wollte nicht, dass ich mich von ihm bevormundet fühlen würde. Das liebte ich so sehr an ihm. Und so kehrte ich um, nachdem die Luft rein war und alle weg waren. Ich ging die kompletten 3 km rückwärts. Kein Anhänger weit und breit. Ich konnte nicht fassen, was ich da tat, aber ich musste es einfach tun. Die Zeit verging. Die Hitze wurde unerträglich. Die Kraft wurde weniger. Die Verzweiflung größer. Und mein Verstand. Keine Ahnung, wo der war. Und so war ich da, wo ich am Anfang des Tages war. Alleine. Ohne Anhänger. 6 km umsonst an diesem Tag gepilgert. Dachte ich. In Wirklichkeit waren diese

6 km die wichtigsten Kilometer auf meinem ganzen Camino. Ich war kurz davor, *„Taxi Luis"* zu rufen! Aber ich konnte nicht. Ich heulte mich aus und fing von vorne an! Und wieder 3 km in die richtige Richtung. Ich fühlte alles und nichts. Stunden später kam ich wieder da an, wo wir uns trennten. Nach sage und schreibe 3 Stunden habe ich also gerade mal 3 km der heutigen Etappe von geplanten 24 km vollbracht. Am besten erschieße ich mich gleich hier auf der Stelle. Ich müsste also heute noch 21 km schaffen, wenn ich den Rest der Pausen-Gang jemals wieder sehen wollen würde. 21 km. Ein Ding der Unmöglichkeit, das schaffe ich nicht! Ich ging in einem kleinen Lädchen frustshoppen und kaufte Mitbringsel und wusste nicht so recht, wohin mit mir. Aber ich beschloss, nicht aufzugeben und wollte meinen Camino bergauf ohne die Pausen-Gang fortsetzen. Und dann geschah etwas, das mein Vertrauen in diesen Mann tiefe Wurzeln schlagen

ließ. Ich traute meinen Augen kaum, aber Ulli kam mir in diesem Moment bergab entgegen gerannt, lief auf mich zu, rannte mich fast um, umarmte mich, ließ mich nicht mehr los. *„Gott sei Dank, Sabrina, da bist du ja, ich habe dich ewig gesucht. Ich bin so ein Depp, ich hätte dich nicht alleine lassen sollen, es tut mir so leid, wo zur Hölle warst du denn, geht´s dir gut???? Ich bin manchmal echt ein Depp, aber kein Arsch, das verspreche ich Dir! Sag mal, warst du shoppen???"* fragte er mich, nachdem er meine Tüten gesehen hat. Ich brauchte kurz, kämpfte vor Rührung mit den Tränen, denn er war eigentlich schon ein paar Kilometer weiter oben auf dem Berg. Hier wusste ich: WIR ZWEI werden gemeinsam nach Santiago gehen. Nachdem ich ihm erzählt habe, was ich die letzten Stunden getrieben habe, war seine Antwort: *„Sag mal, bist du noch ganz dicht??? Spinnst du? Das ist das verrückteste und beste und romantischste, das je jemand für mich gemacht* *hat!*". Wir lagen uns heulend in den Armen. Er hatte noch eine Überraschung für mich. Er wusste, dass ich schon länger hier eine Kirche suchte, in der ich echte große Kerzen anzünden und für jemanden beten konnte. Und die fand er für mich. Versteckt in einer kleinen Lichtung. Ich war allein in dieser Kirche. Ein ganz besonderer, intimer Moment für mich. Nach diesen Erlebnissen verließ ich die Kirche, setzte mich auf eine Wiese und kramte ein eiskaltes Bier aus meinem Rucksack, das wir uns zusammen schmecken ließen, bevor es wieder bergauf ging für uns. Ich hörte Dieter Stunden zuvor: *„Sabrina, wirf doch mal das Bier weg, wie lang willst du das noch mitschleppen?" „Das sag ich ihr seit 2 Tagen schon, aber diese Frau hat einfach ihren eigenen Schädel!!!"* antwortete Ulli. Dieses Bier hat mir in diesem Moment meinen Tag gerettet!!!

Ein paar Meter weiter hatte ich den nächsten

magischen Moment. Auf einem Meilenstein lag ein Armkettchen. Dieses Armkettchen war letztendlich nur ein Armkettchen, aber an diesem Armkettchen hing ein Elefant mit seinem Rüssel nach oben. Das ist ein Glückssymbol. Und dieses Glückssymbol erinnerte mich an die Mama meiner Lieblingscousine aus dem Schwabenländle, die vor ein paar Jahren leider verstorben ist. Ich hatte das Gefühl, als wäre sie gerade bei mir. Ich wusste, sie schickte mir den Ulli. Dieses Armband war bestimmt, dass ich es mitnehme und meiner Cousine ein paar Monate später an ihrer Hochzeit, bei der ich Trauzeugin war, übergeben durfte.

Wir gingen und gingen und gingen. Auaaaaaaaaaaaaa. Aber ich wollte nicht aufgeben. Oben am Berg angekommen, saßen wir uns in die nächst gelegene Bar und heckten einen Plan aus. Ulli hätte ein Taxi bestellt, das uns zum Rest der Pausen-Gang bringen sollte. Das konnte ich aber nicht mit mir vereinbaren. Hilfe, ich war ein Pilger. Aber er dachte einfach realistisch in diesem Moment und wie bitte wollten wir an diesem Tag noch gute 20 km schaffen. Es schien eine Katastrophe zu werden. Mein Fuß wurde immer schlimmer. Doch ich wusste, wie wichtig es ihm war, Dieter, Joe und Ana noch einmal zu sehen, deswegen biss ich die Zähne zusammen und ging und weigerte mich, in ein Taxi zu steigen! Wie wir es geschafft haben, weiß ich nicht. Wir haben den Rest des Tages in „Beffi Style" durchgezogen. Ulli nahm die Rolle meiner Beffi an: *„Herrschaft, Brauniiiii, reiß dich jetz gefälligst zusammen, du bist hier nicht zum Urlaub machen! Und bitte schwör mir jetzt und hier eines: egal, wie der heutige Tag ausgeht, bitte, keinen Sex mehr! Das überleb ich heute sonst nicht mehr mit dir!"* Und so kamen wir spätabends im Dunkeln nach 30 Kilometern, 13 Stunden und einem humpelnden „Aua-Fuß" in Portomarin an. Dieter, Joe, Ana,

Ulli und ich haben uns heute alle verloren, aber wieder gefunden. Gut, Ana war in einer anderen Herberge, aber im gleichen Ort. Ich schleppte mich gerade so noch nach oben in unser Doppelzimmer, bevor ich Dieter seinen Glücksbringer gegeben habe. *„Ach meine Löwin, ich glaube eher, DU bist unser Glücksbringer...!"* Ulli brachte mir einen Beutel Eis zum kühlen. Ich kam kaum mehr aus meinem Schuh heraus. Mein Fuß hatte alle Farben. Von blau über lila bis grün war alles dabei. Tot, aber überglücklich fielen wir uns im Bett in die Arme und liebten uns...

Ich habe zwar meinen verlorenen Anhänger nicht mehr gefunden, aber dafür etwas gelernt: Manchmal muss man einfach einen Umweg machen oder zurück gehen, um ans Ziel zu kommen.

Ein kleiner Tipp: Geht den Camino unbedingt mal rückwärts! Die Blicke, die man da bekommt, sind einmalig!

Echt jetzt?!?

Ja, echt jetzt!

Kapitel 19

„Leckt ´s mich alle am Arsch!!!“

Tag 13

23. April 2017 Von Portomarin nach

Ventas de Naron 13 km

11:30 - 17:30 Uhr

„Steh auf und tanz, Sabrina!“ flüsterte Ulli mir am nächsten Morgen ins Ohr.

Das Lebensmotto meines Bruders hat mich auf

meinem Camino sehr angetrieben. Doch an diesem Morgen kam ich nicht aus dem Bett. Das lag zum einen an Ulli, zu anderen daran, dass mein Fuß pochte! Wir ließen den gestrigen Tag Revue passieren und realisierten da erst, dass das purer Wahnsinn war. Wir rafften uns auf und gingen mittags zum Frühstück. Wobei mir eher nach Schnaps war! An diesem Tag habe ich zum ersten Mal mit meiner Oma telefoniert. Ich musste unbedingt ihre Stimme hören. Und weiter ging´s. Ich war auch schon bekannt auf dem Camino. Ich wurde eine kleine Berühmtheit mit meinem Fuß. Das hat sich schnell herum gesprochen, dass da so eine Verrückte unterwegs ist, die sich mit einem kaputten Fuß so dahin schleppt. Der Straubinger Orthopäde diagnostizierte mir einige Zeit später einen Ermüdungsbruch und ein angebrochenes Sprunggelenk. Kam wohl vom bergab gehen. *„Jetzt gib mir deinen Rucksack, Sabrina!"*.

„NEIN!“. „Du musst mir nichts beweisen! Ich weiß von Anfang an, dass du eine starke Frau bist! Jetzt gib mir deinen scheiß Rucksack!!!“. „NEIN! Ich trage meine Rucksack selber bis zum Ende!“. „Du Sturschädel du! Du kannst nicht mehr auftreten, aber Hauptsache, du kannst mit´m Kopf durch die Wand! Bitte, dann mach!“. Ein paar Meter weiter fiel ich heulend in eine Wiese. *„Sabrina, du bist die, die jeden Berg schafft, und ich will dich nicht bevormunden, aber jetzt und hier ist Schluss, das entscheide ich jetzt für Dich!“. „Dann geh bitte ohne mich weiter! Lass mich hier einfach sterben bitte! Seien wir uns ehrlich. Für mich ist hier Endstation. Es sind noch über 70 km. Ich muss abbrechen!“* Ich wollte auf keinen Fall, dass er für mich seinen Camino nicht zu Ende bringen konnte, denn er hatte bereits seinen Rückflug gebucht. Doch er ließ mich nicht allein, denn *„Sabrina, den Fehler habe ich bereits einmal gemacht, dass ich dich allein gelassen habe, das mache ich kein zweites Mal!“.* Er

schob einen Zettel zu mir rüber, auf dem ich ankreuzen konnte. Ich hatte die Wahl zwischen *a) Taxi rufen und ab ins nächste Hotel / b) ab an die nächste Bar und sich dermaßen einen ansaufen / c) in den Arm genommen werden / d) in Ruhe gelassen werden.* Ich wählte a, b und c. Aber ohne Taxi! Wir suchten das nächste Hotel. Und es war wunderschön ländlich gelegen. Unser Zimmer war eine Art Hütte. Ich fiel voller Schmerzen auf's Bett. *„Jetzt haben wir keinen Sex und du stöhnst trotzdem die ganze Zeit neben mir!"*. Ulli wusste immer, wie er mich zum Lachen bringen konnte. Ich fragte ihn, wie sehr er es schon bereute, mich kennengelernt zu haben. *„Sabrina, ich mag irre und chaotische Frauen. Und du entwickelst dich allmählich von der tollen Frau zur perfekten Frau."* Ich war unendlich dankbar, ihn an meiner Seite zu haben. Wir verbrachten einen wunderschönen, romantischen Abend zu zweit. Wie es am nächsten Tag weiter gehen sollte, daran wollten wir an diesem Abend nicht denken! Denn logisch gesehen hätte ich abbrechen müssen.......hätte ich.

Ach ja, Joe ist an diesem Tag in Santiago angekommen.

Echt jetzt?!?

Ja, echt jetzt!

Kapitel 20

„Gleich kommt eine Bar!"

= Ulli´s größte Notlüge

Tag 14

24. April 2017 Von Ventas de Naron nach Palas del Rey 11 km 8:15 - 16:00 Uhr

Tag 15

25. April 2017 Von Palas del Rey nach Boente de Arriba 20 km 10:00 - 19:30 Uhr

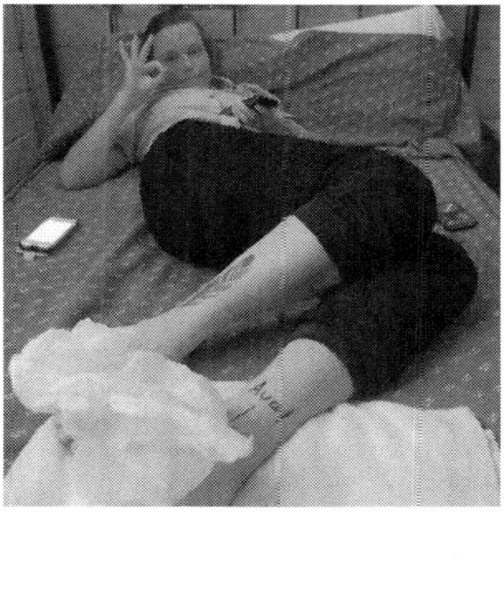

Fragt mich nicht wie, ich weiß es selber nicht, wo ich die Kraft an den letzten Tagen hergenommen habe. Na gut, ich weiß es schon. Auftreten war morgens bereits unmöglich. Ulli sagte: „*Mmmmh, ich weiß auch nicht, wollen wir nicht zu einem Arzt?*". „*Ach, quatsch, Ulli, nur weil der Fuß ein bisschen angeschwollen ist?*". „*Ein bisschen nennst du das??????*" Ich verharmloste es. „*Aber ich bräuchte Schmerztabletten!*" Ulli wurde vor seiner Abreise von einem Notarzt für Notfälle ausgestattet! Bingo!!! „*Ulli, hallloooo, wenn ich kein Notfall bin, wer dann??? Rück die Tabletten raus!*" Er weigerte sich zuerst, aber ich konnte ihn mit meinem Augenzwinkern schnell überreden. Also raus aus der Luxusherberge, rein in den spanischen Regen. Vorbei an Camino-„Pilgern", die nur die letzten 100 Kilometer gehen, nur um ihre Urkunde abzustauben. Solche Lappen. Neue Erkenntnis: Eis & ein Bier bei Regenwetter bringt einen definitiv vorwärts. Oh jeeeee...die letzten Kilometer nach Santiago gestalteten sich sehr schwierig. Nach dem Frühstück fand die erste Pause bereits nach ein paar Minuten in einer Kirche statt. Schmerzen, Kerzen und ein wunderschönes Lied. Heulalarm!!! Zähne zusammen beißen, Sabrina! Das bist du deinem Ulli schuldig!!! Ein Hoch auf Schmerztabletten! Vor allem in Verbindung mit Wein wirkten die Wunder! *„Also, so viel gesoffen wie hier mit dir, hab ich schon lang nicht mehr, Sabrina!"* Ich fasste das mal als Kompliment auf! Nach einem kurzen Mittagsschläfchen in einer Bar, habe ich mich wieder aufgerafft. Wenn die Pausen-Gang nochmal ein letztes Mal vereint sein sollte, musste ich in den nächsten 2 Tagen 50 km schaffen. Auch Ana und Dieter waren heute in Santiago angekommen und fieberten mit uns mit. An diesem Abend landeten wir in einer Massenpilgerherberge. Einmal und nie mehr wieder, aber gegenüber von mir lag eine sooooo süße Klosterschwester, die mich angelacht und mir zugewunken hat.

An diesem Abend meldete sich meine Beffi doch
mal wieder zu Wort:
„So, Braun, es reicht!!!
Ich hab jetzt lange genug die Fresse gehalten,
ich will jetzt alles wissen! Alles!!!"
Ich war eine Stunde damit beschäftigt, ihr zu
antworten. Ich vermisste sie so sehr!

Sie war nun wieder ganz bei mir und ich spürte,

sie stand mir bei und wird den Weg mit mir zu Ende gehen!

Santiago, wir sind auf dem Weg!
Auch meiner Pausen-Gang versprach ich:

„Ich werde in Santiago ankommen!
Tot, aber bei Euch!"

„Echt jetzt?!?"

„Ja, echt jetzt!!!"

„Ok, wir warten auf Euch!!!"

Kapitel 21

„Steh auf und tanz! Und sauf Cuba!"

Tag 16

26. April 2017 Von Boente de Arriba nach Ruá

26,5 km

8:30 - 20:15 Uhr

Am vorletzten Tag erhielt ich jede Menge Nachrichten von zu Hause. Oma motivierte mich mit *„Steh auf und tanze, mein Kind!"*. Bei *„Steh auf und tanz!"* muss ich immer meinen Bruder denken. Wie konnte ich da aufgeben? Meine Schmerzen wurden schlimmer und schlimmer. Aber das war mir egal. Ich werde diesen Weg beenden! Mein Wille war stärker als jede Vernunft. Ich habe natürlich keinem gesagt, wie schlimm mein Fuß in Wahrheit schmerzte. Ich überlebte nur noch dank Schmerztabletten, Luft, Liebe, kaltem Bier in meinem Rucksack und kalten Cuba Libre in unserer Dusche am Abend.

In meinem Leben denke ich oft *„Scheiß drauf! Mach's einfach! Zieh's durch! Komme, was wolle!!!"*, bevor ich meine Entscheidungen treffe. Denn ab da wird's entweder ganz grandios oder ganz desaströs! Ladys & Gentlemen, in meinem Fall immer beides! Der Wind in mir und auf dem

Weg nach Santiago wurde immer stärker. Mein Tag: Schmerzen - Tabletten – Café con leche - Schmerzen - geflucht - geflucht - geflucht - Stop nach allen 100 Meter - in der Kirche für ein Wunder gebetet - *„Scheiß drauf!"* gedacht und LOS!!!!! - nach 800 Meter gedacht: *„Leckts mich alle am A.....ich brech ab!"* - eine Feder vor mir gefunden - Frühstück auf´m, ich zitiere mich selbst: *„drecksverschissenen"* Berg - runter vom *drecksverschissenen* Berg und zur nächsten Apotheke - weiter, weiter, weiter, ganz viel Schoki und nächste Schmerztablette – Kaffee – 3. Schmerztablette UND CUBA!!! *„Frau Braun, einer ihrer besten Ideen!!! Da läuft sich's doch gleich viel besser!"* Ulli, das größte *„Simgscheiderl"* und der beste *„Erklärbar"* auf dem Camino, doch gleichzeitig mein größter Held. Der einzige Mensch auf der Welt, der mehr Fotos macht wie ich! Ok, ich geb's zu, das war wohl der wahre Grund, warum wir so langsam waren! Ein riesen

Dankeschön an dieser Stelle an die Straubinger Band *„Zeitlang"* für die hammergeilen Gänsehaut-Lieder! Ihr habt es fertig gebracht, dass ich mich trotz *„Aua-Fuß"* leichter getan habe, ein paar Kilometer überstanden habe und Ulli mich ganze 3 km mit seinen (guten bis mittelschlechten) Witzen und seinen (etwas brauchbaren bis absolut nicht brauchbaren) Informationen verschont hat!

Wir gönnten uns an unserem letzten gemeinsamen Abend zu zweit ein schickes Hotel mit geräumiger Dusche für eine Cuba-Libre-Schaumparty! Meine beste Freundin hat das finanziert, denn sie schenkte mir hierfür 50,- € in einem ihrer Briefe. Ich solle es in ein tolles Hotel investieren! Als ob sie Gedanken lesen hätte können. Was für ein Segen! Wir betranken uns unter der Dusche, feierten uns, liebten uns, schliefen ein und bereiteten uns seelisch auf unsere letzte gemeinsame Etappe vor...denn morgen sollte es vorbei sein...

ich konnte es nicht glauben.

Ich war unendlich traurig.

Nur noch 21 km nach Santiago de Compostela

...mein Herz schmerzte mehr als mein Fuß.

Echt jetzt?!?

Ja, echt jetzt!

Kapitel 22

„Nimm meine Hand und vertrau mir!“

Letzte Etappe - Tag 17

27. April 2017 Von Ruá nach

SANTIAGO DE COMPOSTELA

21 km

9:00 - 17:00

292,7 km

AUS. ENDE. VORBEI.

„Diese Frau aus dem Bett zu bekommen, ist der pure Wahnsinn!" behauptet Ulli.

Ich wollte nicht aufstehen!

Unsere letzte Etappe.

Ein letztes Mal den Rucksack über die Schultern und meine Schuhe schnüren.

Das soll´s gewesen sein?

Nein! Ich verweigerte! Dieser Tag war zum kotzen!!! Ich habe morgens schon geheult.

Vor allem als wir nach ein paar Kilometern oben an einem Berg ankamen, Santiago von oben sehen konnten und mir eine Gruppe mit geistig und körperlich beeinträchtigten Mädchen und Jungen mit ihren Pflegern begegnete. Meine Beffi arbeitet in einer Einrichtung, die sie betreut, bei uns daheim.

Musste diese blöde Kuh denn überall sein??????

Weißt du, was das Problem an einem Weg ist?

Dass jeder Weg einmal vorbei ist.

„Ihr wart erst in der Bar und dann an der Kathedrale?!? Wie geil seid ihr denn???“ Ja, und dafür gab es einen triftigen Grund: Wir waren ziemlich zügig 20 km weit gekommen. Die letzten 330 Meter & den „Einmarsch" zur Kathedrale hätte ich ohne die Pausen-Gang nicht geschafft. Und darum kehrte Ulli vor Ziel mit mir zum letzten Mal in eine Bar ein und bestellte den Rest der Pausen-Gang heimlich dorthin. Dieter fuhr im Bus an uns vorbei, denn er holte seine Frau ab. Die letzten 330 Meter gingen wir zusammen. Ana, Joe, Ulli und ich. Es war 17 Uhr. Der Vorplatz war so gut wie leer. Wir hatten diesen Moment für uns. Wir erblickten die Kathedrale. Dieser Moment war unrealistisch, ergreifend und überwältigend. Dieter kam ein paar Minuten später mit seiner herzlichen Frau dazu, die ich mir genauso vorgestellt hatte. Ich musste mich setzen, denn dieser Moment war einzigartig. Beschreiben kann ich es nicht. Es war

getan. Wir waren wieder und ein letztes Mal vereint. Ana saß sich neben mich auf den Boden und wir hörten Lieder, die mich an meinen Bruder erinnern und die ich zusammen mit ihm immer hörte.

Nachdem wir in unser Hotel eincheckten, machten wir uns auf den Weg zum „letzten gemeinsamen Abendmahl“. Und dort war es mit meinem Fuß vorbei. Nicht mal mehr vom

Esstisch konnte ich alleine aufstehen. Ana und Joe haben mich hinaus gestützt. Ich begegnete erneut meiner Klosterschwester. Was für ein Gefühl. Die letzten 200 Meter zum Hotel musste ich mit dem Taxi zurücklegen. Ulli trug mich ins Hotelzimmer, aufs Bett und in die Badewanne.

Am nächsten Tag philosophierten Ana und ich auf dem Kathedralenvorplatz über das Leben, nachdem wir die Pilgermesse in der Kathedrale von Santiago besuchten. Der wohl bewegendste

Moment: Der wunderschöne Gesang der Klosterschwester und das in Bewegungsetzen des Weihrauchkessels.

An Ulli´s letztem Tag schenkte er mir einen neuen Anhänger für meinen Rucksack mit demselben Motiv.

Ich könnte Dir noch von vielen anderen wunderbaren Begegnungen mit wundervollen Menschen aus aller Welt auf meinem Camino berichten, doch dann hätte dieses Buch weitere hundert Seiten. Sehr gerne denke ich an die

Begegnung an meinem letzten Tag mit Andreas zurück. Andreas aus Hamburg traf ich zum ersten Mal eine gute Woche vor Ziel in einer Herberge. Ein paar Tage später erneut in derselben Bar, in der ich Pause machte. Zwei Tage später wieder auf dem Weg und ich lud ihn auf ein Eis ein. Beziehungsweise Ulli hat uns beide ein Eis spendiert. Dann verloren wir uns aus den Augen, denn er war viel schneller als ich. Aber wie aus dem Nichts erschien er mir nochmals in Santiago auf dem Kathedralenplatz. Zusammen mit Ana saßen wir da. Auf dem Boden. Wir saßen und redeten über Gott und die Welt. DANKE Andreas! Unsere Gespräche werden mir in Erinnerung bleiben! Du hast mich an irgendwen erinnert. An wen weiß ich bis heute nicht. Aber du hattest etwas in deinen Augen, dass mich an Wärme und Geborgenheit denken ließ, immer dann, wenn ich dich ansah und mit dir sprach.

Ich habe nun verstanden, dass der Mensch
wirklich nicht am Ziel groß wird,
sondern tatsächlich auf dem Weg dorthin.
Nach 17 Tagen und 292,7 km zu Fuß bin
ich am 27. April 2017 in Santiago und
bei mir angekommen.
Dieter sagte immer,
„Der Jakobsweg gehört dir erst, wenn du
ihn gegangen bist!
Davor gehörst du ihm!“
Wie wahr.

Dieser Weg gehört nun mir!
Dieser Weg gehört uns!

Für immer!

Dieser Weg wird Dir erst am Ende seine
Macht preisgeben.
292,7 km => 2+9+2 => 13,7 => 13.7. =>

mein Geburtstag.

Ich fühlte mich wie neu geboren!

Dieter hatte Recht!

„Santiago ist nicht unser Ziel!

Wir werden am Ende feststellen,

dass der Camino unser Ziel war.

Wir waren bereits am Ziel,

als wir den ersten Schritt gegangen sind.

Verstanden haben wir das aber erst am Ende.“

Ich sehe Ulli und mich heute noch an diesem letzten Pilgertag, 5 km vor Ziel. An einer Bar. Wo auch sonst. Heulend, trinkend, rauchend. Es half keine vierte Tablette mehr. Sabrina. An ihrer Grenze, die eh schon längst überschritten war. Aber wenn man einmal zu weit gegangen ist, dann kann man einfach nicht mehr damit aufhören! Am Ende ihrer Kräfte mit angebrochenem Sprunggelenk. 5 Kilometer vor Santiago de Compostela. Und dann, dann erlebte ich etwas, das mir Gänsehaut und noch mehr Tränen brachte, aber dazu führte, dass ich es durchgezogen habe. Aus dem spanischen Radio ertönte eines der Lieblingslieder meines Papas. Ich wollte in diesem Moment wieder Kind sein und hätte mich einfach nur gerne zum Sterben in sein Mauseloch verzogen! *„Schau, jetz is dei Papa a da, also auf geht 's Brauni, reiß dich zam, de 5e schaff ma ' no!"* Und so fiel der letzte Sand durch die Uhr. Eines fiel mir an diesem Tag besonders auf. Die Pilger wurden langsamer, sie fingen an, rückwärts zu laufen. Ich hatte das Gefühl, kein Mensch wollte da je ankommen. Denn dann war es vorbei. Dann kam die Belohnung. So kamen wir an jenem letzten Tag auf unserer letzten Etappe gemeinsam in Santiago de Compostela vor der Kathedrale an. Das war der einzige Plan in meinem Leben, der bisher aufging. Mein Plan vom Glück, den ich lange niemandem verraten habe. Ich kam nach 17 Tagen und 292,7 Kilometer am Ziel eines langen Traumes an. Meine Seele füllte sich wieder mit allen Farben des Lebens. Ich bin über mich hinausgewachsen. Ich wusste, ich würde nun alles schaffen, wenn man sich nur genug Zeit dafür gibt. Ich habe mein Gottvertrauen wieder gefunden, dass alles im Leben so kommt, wie es kommen soll und kommen muss. Und mit jedem Atemzug, fiel er mir noch so schwer, mit jedem Schritt, fiel er mir noch so schwer, habe ich mich wieder zurückbekommen, nachdem ich mich verloren hatte. Diesem Weg war man ausgeliefert, sobald man ihn begonnen hat, zu gehen. Es gab kein Entkommen mehr. Ich hatte das Gefühl, dieser Weg formte Lösungen für jede deiner Sorgen, die du mitträgst. Die Last auf meinen Schultern wurde von Kilometer zu Kilometer weniger. Ich war aus meiner Vergangenheit raus und in meine Zukunft reingewachsen. Der Jakobsweg kennt keine Regeln. Jeder machte seinen Camino auf seine ganz eigene Art und Weise. Der eine marschierte um 6 Uhr morgens mit einer Kopflampe los, der andere ein paar Stunden später. Bestimmt kannst du dir denken, zu welcher Gruppe ich gehörte. Der eine trank mittags alkoholfreies Bier, ja pfui Deifi, der andere kippte sich mittags schon ne Flasche Wein ins Gesicht. Sicher kannst du dir vorstellen, welches Getränk ich bevorzugte. Der eine betete den ganzen Tag, der andere fluchte den ganzen Tag. Bestimmt weißt du, was ich tat. Und das war absolut in Ordnung! Da gab´s keine blöden Blicke oder Diskussionen. Und wenn dann nur, wenn man sich mit einem absoluten Volldeppen unterhielt. Mei, Deppen gibt´s hoit überoi!!!! Es war total normal auf dem Camino, anders als der andere zu sein. Nur darum ging es! Um nichts anderes! Und so weiß ich heute, jeder darf sich seine Welt so malen, wie sie ihm gefällt! *„Jeder* *konn macha, wos a wui!!!*" Jeder hat das Recht, sein Leben so leben zu dürfen, wie es ihm gut tut, möge ein anderer damit einverstanden sein oder nicht. Auf dem Jakobsweg lagen alle Antworten, wirklich alle. Auf dem Jakobsweg liegt alles, was du bist und brauchst. Man sammelt alles, was für einen bestimmt ist, mit jedem Schritt auf. Aus Versehen daran vorbeigehen kann man nicht. Es findet einen. Man muss es nur annehmen und zulassen. Ich wurde die Frau, von der ich immer geträumt habe, zu sein. Die ich bestimmt war, zu werden. Ich habe endlich mein geplantes Leben aufgegeben, um das Leben leben zu können, das auf mich wartete. Ich hatte das Gefühl, all die letzten Jahre die Luft angehalten zu haben. Und man kann auch keine Menschen ändern. Glaubt mir, ich habe es versucht! Man kann sie nur so lieben, wie sie sind. Eins weiß ich heute sicher, es ist nie zu spät, den Kurs zu ändern, die Segel in eine andere Richtung zu setzen! Glaubt immer an

Eure Träume und an das, was noch nicht ist, damit es eines Tages werden kann!

Meine liebe Pausen-Gang,

es war ein Geschenk des Himmels,

dass ich euch auf meiner Reise

begegnen sollte.

Wisst Ihr, warum Ulli da noch in der Bar gesessen

ist damals, als wir uns das 1. Mal treffen sollten. Er hat da gewartet, bis ich komm. „Der Depp von der Bank“ hat ihm nämlich von der „*Süßen*“ da hinten von der Bank berichtet und die wollte er unbedingt sehen. Ahhhaaaaa. So war das also. Die Süße. Ich fühlte mich an diesem Tag, in dieser schweren Zeit in meinem Leben, alles andere als süß! Einfach nur zum wegwerfen. Ich hatte keinen Ausdruck mehr in den Augen. Ich fühlte mich so leer. Unrasiert und stinkend. Keine Ahnung, was der mit süß meinte. Wenn dieser Depp von der Bank also nicht gewesen wäre, hätten wir uns wohl verpasst. Das zeigte mir mal wieder, dass man eben erst Idioten treffen muss, um von einem wahren Helden gefunden werden zu können. Mein Redakteur, mein Erklärbar, der Barttyp, der Wallfahrter, ach er hat 1000 Namen in bekannten Kreisen.

MEIN Held.

Er sah mehr in mir, als nur die Süße.

Er sah Alles und Nichts in mir,

wie er mir verraten hat.

Er sah mich.

Und hat mir geholfen, mich selbst auch wieder

mit den richtigen Augen zu sehen.

Er hat mich ins Leben zurückgeholt.

Er wich nicht von meiner Seite. Er blieb bei mir.

Er kehrte für mich um.

Er sah in mir eine Frau, die an ihren Wert

erinnert werden musste.

Er liebte mich vom ersten Moment an.

Bedingungslos.

Er trug mich, wenn es sein musste.

Zumindest an die Bar und in die Badewanne.

Er war der treuste Begleiter,

den ich im Leben hatte.

Bis nach Santiago de Compostela.

Bis zum bitteren Ende.

Bis zum letzten Tag.

DANKE Ulli!

Jeder einzelne Schritt war dieses Abenteuer wert!
Es war die Reise meines Lebens!
Santiago war nicht das Ende, es war der Anfang für mich!
Vorerst blieb ich in Santiago, nachdem ich von meiner Pausen-Gang Abschied nahm und von

Ulli schweren Herzens. Ich brauchte ein paar Tage für mich alleine. Doch eine Sache hatte ich da nicht überdacht! *Ja fuck, wie komm ich denn jetzt allein aus der Badewanne raus? Ulllllliiiiii!!!!!!* Ich wollte „nach Hause" zu meinem Ulli. Ich buchte mir einen Flug nach München, stopfte mich mit den restlichen Schmerztabletten voll und schleppte mich zum Flughafen.

Ein Weg geht immer weiter! Neue Fragen werden kommen! Neue Antworten wollen gefunden werden! Neue Träume wollen gelebt werden! Zeit, heimzufliegen! Zu meinem Ulli, der mir gezeigt hat, wie wertvoll ich bin. Auf meinem Rückflug wurde ich noch mit einem gigantischen Sonnenaufgang belohnt. Der aufmerksame Rollstuhl-Service kam bei meinem Zwischenstopp in Madrid auf mich zu: *„Sie sehen so aus, als kämen Sie vom Camino und könnten Hilfe benötigen? Ich fahre Sie zum Gate!"* Meine

Antwort, die er mit Daumen hoch kommentierte: *„No gracias, die letzten paar Meter von meinem Camino mach ich jetzt auch noch zu Ende! Aber in München können Sie mich gerne nochmal fragen, Schmerztabletten gehen aus!“* In München empfing Ulli mich mit Krücken, auf denen ich 6-8 Wochen weiter wandern sollte! Ich habe ihn kaum erkannt.

So ganz ohne Pilgerklamotten...ich plante in dieser Zeit mal wieder viel zu viel und wollte mich so sehr ein Leben lang an diese wunderschöne Begegnung klammern und meinen Kindern davon erzählen, wie Mama und Papa sich kennengelernt haben. Hätte es etwas Romantischeres gegeben... Es schien alles so wunderbar, doch ich habe ja bereits am Anfang meines Buches erwähnt, dass meine Pläne niemals aufgehen.

Ich hätte noch 1000 Kilometer mehr gehen können, denn ER, der Mann aus meiner

Vergangenheit, hätte mich immer wieder eingeholt und unsere Geschichte sollte weiter gehen...

...und auch Santiago de Compostela
sollte mich am
27. April 2017 nicht zum ersten
und letzten Mal gesehen haben...

Ich habe in meinem Leben nach dem Abenteuer
Jakobsweg gelernt, dass
der Camino überall sein kann.
Man muss ihn nur ganz fest in sich mittragen und
sich immer an ihn erinnern, wenn man mal
wieder an sich zweifelt!

Echt jetzt?!?

Ja, echt jetzt!

Eure Sabrina

Nachwort

Ich entschuldige mich für alle
Rechtschreibfehler,
alle Stilfehler,
alle Lesbarkeitsfehler,
das Durcheinander
und dafür, dass dieses Buch bestimmt alles andere
als perfekt geworden ist,

Ich danke Dir von ganzem Herzen, dass Du
meine Zeilen gelesen hast.
Ich hoffe sehr, dass es Dir gefallen hat,
was ich mir von der Seele schreiben musste.
Ich bedanke mich von Herzen, dass Du Dir für
mich Zeit genommen hast.

Wenn Du einen Traum hast und jemand sagt:

„Das schaffst du sowieso nicht,

so weit kommst du nicht!“,

dann beweise, dass sie recht haben!

Denn Du schaffst es noch viel weiter!

Einen kleinen Denkanstoß habe ich noch:

Weißt Du, wie mein

Testament aussehen wird?

Das wird ein leeres Blatt Papier sein.

Mit erfüllten Träumen.

Weil ich immer mein Herz

entscheiden lasse.

Und ein Herz wird immer

Recht behalten.

Weil nichts anderes im Leben zählt!

Glaub mir!

Und wenn der Sturm stärker wird,
soll das so sein!
Wenn die Welle höher wird,
soll das so sein!
Wenn der Weg steiler wird,
soll das so sein!

Vertrau mir!

Ich habe gelernt, dass du niemals
das Kind in Dir verlieren darfst.
Was würde ein Kind tun, wenn es hinfällt und
sich die Knie aufschürft?
Es würde weiterrennen! Immer weiter.
Also wenn Du hinfällst, erinnere Dich immer an
das Kind in Dir,
steh auf und lauf weiter!
Sei mutig! Sei lebensbejahend!
Sei verrückt!
Sei wild!
Kämpfe für deine Freiheit!
Kämpfe für deine Träume!

Ich habe das Kind in mir lange Zeit verloren,
habe es aber Gott sei Dank wieder gefunden.

Und das war das größte Glück, dass mir auf
diesem Weg geschenkt wurde.

ECHT JETZT?!?

Ja, ECHT JETZT!!!

Dankesseiten

Ich danke
allen, die sich
zwischen
meinen Zeilen
lesen konnten.

Allen, bei denen ich mich bedanken möchte,
spüren, dass ich sie in Gedanken fest umarme.

Ich möchte trotzdem noch ein

„paar" Worte loswerden:

An dieser Stelle denke ich gerne an meinen liebsten Achim: *„Ach Sabrina, du bist 'ne Maus. Eine Danksagung „sollte" nur EINE Seite haben!"*
Dein Blick: unbezahlbar!!!
DANKE, dass du all meine Macken, Launen und Fragen ertragen hast! Doch mit deiner EINEN Seite: IST MIR EGAL!!!
Fühl dich ganz, ganz, ganz, ganz fest umarmt!!!
Du bist ein toller Mensch! Du kommst später bestimmt nochmal, weil ich für Dich auf Anhieb nicht genug Worte finde!
DANKE für ALLES!!!!!!!!!!!!!!
Ach ja und ich *„sollte"* das hier alles ja *„Epilog"* nennen, aber das Wort gefällt mir nicht.
Ich sehe deinen Blick gerade.

DANKE an:

DANKE an meine **Pausengang.**

DANKE, dass ihr mein Schicksal gewesen seid.

DANKE Ulli.

DANKE Dieter. DANKE Ana. DANKE Joe.

DANKE an IHN.

DANKE für Alles, was geschehen ist.

Danke, dass wir uns trotzdem auf ewig wichtig sein werden. Ich werde immer dein Schluri sein. Gruß aus dem Postwagen!

DANKE an meine Mama. Meine Mama, die immer alle beruhigen muss, wenn ich mal wieder mit dem Kopf durch die Wand will.

Meine Mama, die mich frei sein und fliegen lässt.

Aber mich immer bei ihr landen lässt, wenn ich es brauche.
Ich werde immer deine Sabrina sein.

DANKE an meine Oma. Meine Oma, die Liebe meines Lebens. Du hast dich ja Gott sei Dank daran gewöhnt, dass ich mache, was ich will. Ich folge nur deinem Lebensmotto:
„Machts doch olle, wost's wuits!".
Meine Oma, von Herzen DANKE für Alles.
Danke, dass du mir immer wieder Trost spendest, wenn ich mal wieder auf dem Boden aufschlage. DANKE für jedes Gespräch, für jedes einzelne Mittagessen.
Dafür, dass es Dich gibt und du IMMER zur Stelle bist, wenn es brennt.
Ich hatte dich immer bei mir!
In meinem Herzen und wenn ich zeitlang nach dir hatte, hab ich einfach unser Bild aus meinem Rucksack geholt.

DANKE an meinen Papa. Mein Papa.

DANKE, dass du mir trotz deiner schlaflosen Nächte diesen Traum leben hast lassen und immer versucht hast, jedes Hindernis auf meinem Weg beiseite zu räumen.

DANKE, dass du mir, als ich klein war, das schönste Barbiehaus aller Zeiten gehandwerkt hast. Ich glaube, ich war die Einzige, deren Barbiehaus sogar eine Schiebetür, einen Balkon

und eine Garage hatte. Vergiss nicht:
Ich werde immer Deine Tochter sein!
Und Dein Bummi und Dein Mumpf!

DANKE Bruderherz.
Mein lieber Bruder. Auch wenn ich dich oft nerve, ich werde immer deine Schwester sein und bin stolz auf Dich! Steh auf und tanz! DANKE, dass ich durch Dich immer ein Stück Kindheit in mir trage, wenn wir zusammen sind. DANKE, dass du mein Bruder bist. Ich werde immer deine Schwester und für Dich da sein. Du bist ein ganz besonderer Junge und ich habe Dich immer in meinem Herzen.

DANKE an jedes einzelne Familienmitglied.
DANKE, dass wir immer zusammenhalten.
DANKE, dass ihr mein Anker und meine festen Wurzeln seid.
DANKE *Ju* für alle unvergesslichen Momente.

Und DANKE dafür, dass Dir deine *Sabrini / Sammy / Pam* alles sagen kann.
DANKE *Sanella*, dass du für mich einen Tanzpartner gesucht hast und immer willst, dass es mir gut geht.

DANKE an meine Freunde, die zur Familie wurden. An Euch Alle für ALLES, was ihr für mich seid.
DANKE für Eure Freundschaft und Eure Zeit.
Für alle Gespräche, für jeden einzelnen Kaffee, für alle Partys, für jedes einzelne Bier, für jeden einzelnen Wein, Sekt, Cocktail.
Für jedes einzelne Frühstück oder Abendessen.
Für gemeinsame Ausflüge und Reisen.
Ohne euch wäre ich nicht die Person, die ich bin.
DANKE für jede einzelne Minute mit Euch!
DANKE, dass ihr alle mein Fallschirm, meine Insel und mein Anker seid.

Meine *Moni Makkaroni alias The Pingu*:

Ich werde immer dein *Herzi* sein!

DANKE, dass Du so eine wundervolle Tochter groß gezogen hast und ich sie meine *Beffi* nennen darf!

Meine *„Mutti“*: *„A subba Sach“* war des!

Ich habe Dich immer in meinem Herzen!

Meine Seelenverwandte, die ich nur einmal im Jahr sehe, die das gleiche *„wuide Herz“* wie ich hat. Uns kann keiner zähmen!!! Und das ist gut so!!! DANKE, dass wir dasselbe fühlen!

DANKE an diejenige, die dafür verantwortlich ist, dass ich auf diesen Weg aufmerksam geworden bin. Mit der ich eines Tages festgestellt habe, dass die Musik zu laut und die Cocktails zu kalt wurden. Und trotzdem haben wir es bis Sonnenaufgang geschafft. Puuuh.

Was für eine Nacht.

DANKE, dass du mir die Leidenschaft für´s Wandern nahe gebracht hast.

DANKE, dass ich ohne dich niemals vom Jakobsweg erfahren hätte.

DANKE für unsere Frühstücktreffs.

DANKE für unsere Lachanfälle.

DANKE, dass wir voreinander weinen können.

DANKE für stundenlange Spaziergänge an der Isar und am Karlsfelder See.

DANKE dafür, dass du mit dem Essen wartest, bis ich alles im richtigen Winkel fotografiert habe. *„Mir ist nur wichtig, dass du dein Foto hast!!!"* DANKE, dass es Dich gibt.

DANKE an meinen Mentor für Körper und Geist. Dafür, dass Du mir immer auf´s Neue auf deine Art und Weise eine Ansage machst,
mich vorantreibst und etwas in mir bewegst!
DANKE Tom.

DANKE an DEN Mann der Messe, Achim, meinen „Schutter-Begleiter".
Ohne den ich meine erste Vorlesung nicht überlebt hätte. Ohne den dieses Buch niiiiiiiiemals mehr erschienen wäre. Ohne dessen Taxigeld ich niemals mehr nach Hause gekommen wäre. Ohne dessen Beruhigungsmöglichkeiten ich niemals ruhig geblieben wäre. Ohne den ich diesen Wahnsinn niemals überstanden hätte!!!

D A N K E für ALLES.

Für deine Mühen und für jedes einzelne deiner direkten, aber wahren Worte.
DANKE, dass du ein wenig Ordnung in mein Chaos gebracht hast.
DANKE, dass du mich immer wieder zur Ruhe gebracht hast.
DANKE, dass du mir deine Zeit geschenkt hast!

DANKE, dass du mir nicht böse bist, wenn ich deine Ratschläge nicht annehme.

DANKE an mein Team der *„Alles & Nichts-Production"*, die meinen Traum mit wahr werden ließen, sich für mich selbst übertroffen haben und über sich hinaus gewachsen sind.
„Ab Sekunde 1" war es mir eine Ehre!

DANKE an meine Mädels Leonie (alias d´Leona), die mich, nachdem ich Panik vor einer Ausweiskontrolle hatte, da ich ihn zu Hause vergessen hatte, fragte: *„Ausweis? Bruni, echt jetzt?!? Mia braucha doch koan Ausweis! Langa unsere Foit´n net???" („Reichen unsere Falten nicht???")* und sich an jenem Abend an der Bar fragte, was *„ma heidzudogs so trinkt?!?"*.
Gisele, die Angst hatte, dass ich wieder mit einem *„Dirty Harry"* mit ins Hotel gehen würde. Und Bibi, die es an jenem Abend vor Müdigkeit fast

nicht mehr bis zur Theke geschafft hätte und mit der ich zum Entziffern der Schnapskarte eine Brille gebraucht hätte...

„1, 2 oder 3...dümdüm...und dann war´s der Zonk!“ DANKE für Alles! Dass ich bei euch so sein darf, wie ich bin!

Ich werde immer

eure Joey sein.

DANKE an meinen Wirbelwind, mein Küken, meinem Ergebnis von *„Fotografie Blickfang“*.

Dein Papa kam mit der gleichen Einstellung wie mein Papa damals zu mir ins Studio und seine Worte waren folgende, als wir noch beim Sie waren: *„Aiso Frau Braun, i woaß ja net, oba Fotograf.....des is doch koa Beruf, do bissl auf´s Knepferl drucka, san sa Sie sicher, dass des wo´s*

werd mit meiner Tochter?" Du bist mein ganzer Stolz. Auch wenn es Situationen im Leben gibt, in denen man sich im Schlafanzug nachts bei der Polizei ausweisen muss. Diese Situation werdet ihr vielleicht in meinem nächsten Buch unter folgendem Kapitel finden:
„Der Polizist, der vor der Polizei davon lief, ein Ohnmachtsanfall und die Antwort auf die Frage: *„Sabrina Braun? Ne, kenn ich nicht, sagt mir nichts!!!"* Wenn ich Dir eines gelernt habe, dann, wie man aus der Reihe tanzt.
Geh, wohin der Wind dich treibt. Sei aber nie schneller wie dein Schutzengel.
Ich wünsch Dir von Herzen alles Glück der Welt und die Sonne soll immer für dich scheinen. Trag mich bitte immer im Herzen!
Behalte immer ein Stück Blickfang in Dir.
Ich werd immer neben Dir hergehen, auch wenn ich die neusten Trends wie das Drama um Natascha und Tobi und manche Ballermann-Hits

nicht mehr ganz verstehe, werde ich mir trotzdem Mühe geben, immer Verständnis aufzubringen.

DANKE an meine wunderbare Beffi!!!

DANKE für alle Ratschläge, die ich sowieso nicht befolge, für alle Worte, für alle Stunden, für jeden einzelnen Kaffee, für einfach Alles.

DANKE, dass ich zu dir kann, wenn ich das Leben feiern will und DANKE, dass ich zu dir kann, wenn ich das Leben verfluche! Contenance! Cherie, denk an das Makeup!!!! Innerlich denkst du dir gerade: *„Schnauze, Braun!!! Am Arsch!!!!“* Meine Beffi. Vor der ich laut denken darf. Die mich daran erinnert hat, wer ich bin, als ich es schon längst vergessen habe. Du sagst immer, was du denkst. Das würde ich nie tun. Du haust es mir um die Ohren, wie ich´s brauch! Das würde ich nie tun. Du Depp opferst dich für alles und jeden auf. Das würde ich nie tun. Du hörst dir meinen Scheiß immer wieder auf´s Neue an. Und nochmal und nochmal. Das würde ich nie tun. Ratschläge? Tips? Für´n Arsch!!!! *„Ah Braun, leck mich doch! Du machst doch sowieso wos´st wuist!!!!"* Trotzdem hast du mir dabei einen Helm und einen Hammer in die Hand für meine Vorhaben gelegt. Aber was ich für Dich immer tun werde, ist Folgendes: Egal, wohin meine Reise noch geht......ICH WERDE IMMER DEINE *„BRAUNIIIII"* SEIN! Ich hoffe, dass ich deinem kleinen Schatz auch nur irgendwann annähernd etwas von dem zurückgeben kann, was du mir gegeben hast. Etwas, das man mit keinem Geld der Welt kaufen kann. Da dein kleiner Engel ja ein Krebs ist und ich ja auch durch und durch ein wahrer Krebs bin, könnte das für deinen Mann und dich ganz lustig werden. Du bekommst also alles wieder zurück. Viel Spaß mit uns!!!! Sobald er laufen kann, bekommt er von mir folgendes: Einen Rucksack, die passenden Schühchen und selbstverständlich und das wichtigste:

Einen Helm und einen Hammer!

Wir für immer!

„Herz, Ficker, OK, Tschüss, Ausrufezeichen!!!"

Deine Brauniiiiiiiiiiiiiii

P.S. Und hey Marcy, weißt du, was ich immer tief in meinem Herzen bewahren werde, auch wenn unsere Leben einen unterschiedlichen Kurs aufzunehmen scheinen...

UNSERE LEGENDÄRE PARTYNACHT!

Das Gefühl an jenem Abend, in jener Nacht und dem darauffolgenden Morgen werden wir immer gemeinsam haben! Vergiss niemals das Jahr 2017, in dem es normal war, wenn man mit einem Oldtimer durch Prag fuhr, man im Bademantel zur „Nachmittagsjause“ in Österreich stolzierte, einer auf Mallorca gegen die Balkontür lief oder der ein oder andere Stuhl vom Nachbarsbalkon geflogen kam. Und behalte vor allem das Jahr 2015 in deinem Herzen, in dem wir uns eigentlich nur eines gefragt haben: *„Zu spät für Kaffee oder zu früh für Alkohol?!?“*

War eine geile Zeit!
Aber jetzt ist es an der Zeit für ein neues Kapitel in unserem Leben.

Doch die nun echt letzten Worte möchte ich nun einem ganz besonderen Menschen widmen. Die möchte ich der Person widmen, ohne die ich

heute nicht so glücklich wäre.
D A N K E an meinen Indianer.
Mit Schuhcreme im Gesicht.
Für alle Lieferservice-Momente.
Dafür, dass du all meine Tobsuchtsanfälle der letzten Monate ertragen hast und ertragen wirst. Dafür, dass es Dich gibt. Danke, dass ich bei dir ankommen durfte. DANKE, dass Du mich nicht mehr hergeben willst.
DANKE, dass du mir sagst, dass ich dir das Wichtigste im Leben bin. DANKE, dass ich zu unserem Lied Zeit schinden darf, damit ich deine Dusche nicht putzen muss. DANKE, dass du mir mitten in der Nacht nach einem Streit sagst, dass du mich liebst. DANKE für den Moment im Salzstollen. DANKE, dass du nicht merkst, dass ich dir bei deinen Erzählungen über deine Arbeit mit den „Systemen“ nicht zuhöre, sondern dabei nur deinen Oberkörper anschmachte.
DANKE, dass Du mich in deinen *„Fragen und*

Antwort“-Stunden fragst, ob ich glücklich bin!

Ja, bin ich!

Deine nervige, liebesbedürftige Revolutzerfreundin

Sabrinsche

P.S.: Und Gott (Papa) sei Dank, haben wir die Steckdosen-Problematik im Wohnzimmer geklärt. Ach, und Silvester auf der Donaubrücke streichen wir für alle Ewigkeit!
Kommt direkt nach der Wichtlhütte!
Und dem Rauchmelder auf meinem Holz!!!
Und der Hyazinthe!!!
Ok...die Hyazinthe...da hab ich vielleicht überreagiert!!!

In dieser Zeit sind diese Zeilen entstanden:
„Eine starke Frau muss man sich nervlich erstmal leisten können!“ sagt man...„*Diese Frau Braun*

macht mich irre!!!" sagt Mann...Ich muss leider jeden Mann, der eine Traumfrau will, enttäuschen. Es gibt keine Traumfrauen! Auch ich bin alles andere als perfekt. Alles andere als eine Traumfrau. Es ist, wie es ist: ich trinke, ich rauche, ich steh auf deftige, ungesunde Sachen, ich liebe Stilbrüche, ich brauch keine Marken und keine Statussymbole, ich fluche, ich schimpfe, Sport ist Mord und eine fürsorgliche Hausfrau wird in diesem Leben sowieso nie aus mir werden. Ich liebe es, *„der Wahnsinn zu sein"*, *„anders als jede andere Frau zu sein"*, das macht mich aus. Deswegen ist es nicht leichter, im Gegenteil. Ich liebe es, anzuecken. Ich liebe es, nicht normal sein zu müssen. Ich liebe es, verrückt zu sein. Ich liebe es, dass es mir egal ist, dass mir Größe 36 gerade zu eng wird. *„Dieses Buch macht mich fertig!"*. *„Woaßt, wo's mi fertig macht? DU! Die letzte Nacht mit da Frau Braun war ja da Wahnsinn, ja leck!"* Eine äußerst grandiose Idee war es, ein Buch in der Weihnachtszeit zu Ende bringen zu wollen, weil man da ja noch nicht sensibel genug ist. HAHA. Eine noch grandiosere Idee war es, sich am vergangenen Wochenende dermaßen aus dem Leben zu schießen, dass einem fast der Schädel platzt und man gar nichts mehr auf die Reihe bekommt. Aber das Grandioseste ist, dass man diesen tollen Mann, der einem so unendlich gut tut und mit dem man so glücklich ist, vor den Kopf stößt, böse und ausfallend wird, weil man (Frau) grad nicht anders kann, weil man (Frau) die letzten drei Jahre verarbeitet und sie zu große Angst hat, sich nochmal so zu verbrennen und darum ihr einziger Schutz ist, unausstehlich zu sein. Innerlich schreit sie: *„Liebe mich dann, wenn ich es am wenigsten verdiene und es am meisten brauche!“* Die Angst, dass er gehen wird, schwindet, denn sogar dann, wenn man eine unausstehliche, dumme, zickige, heulende, provozierende, explosive Pissnelke ist, dann sagt er dir, dass er in guten und schlechten Zeiten da sein wird, dir sonntags Spezi auftreibt, für dich Sushi bestellt, obwohl er es hasst und dich am nächsten Morgen mit den sarkastischen und ironischen Worten: *„Hier bitte, dein Kaffee, mein Schatz!“* noch mehr leiden und schämen lässt. Und plötzlich wird einem schlagartig klar, dass man hier und jetzt von seiner Vergangenheit Abschied nehmen muss, wenn die Zukunft gelebt werden will und eine Chance haben soll. Man muss sie gehen lassen. Und weil ich sie gehen lasse, liebe ich es viel mehr, dass du Teil meiner Verrücktheit sein willst. Wenn du Freude daran hast, wenn ich bockig bin. Wenn dir meine Meinung wichtig ist und du mich nach meiner Meinung fragst, vor allem zu Dingen, über die ich keine Ahnung habe. Ich liebe es, wenn ich deinen Spießersessel und deine ach so tolle Kaffeemaschine absolut beschissen finden darf.

Ich liebe es, dass du glaubst, dass deine Weingläser besser klirren/klingen als meine. Ich liebe es, dass du denkst, dein Kaffee sei lecker und ich keine Ahnung von Kaffee habe. Ich liebe es, wenn du für mich auf der Couch und im Bett isst und nicht am Tisch. Ich liebe es, wenn ich dich daran erinnern darf, dass du spießig bist. Wenn ich dir ins Gesicht sagen darf, dass du manchmal *„ein arrogantes, überhebliches A...“* bist, es mir zwei Minuten später leid tut und du es mir nicht böse nimmst. Ich liebe es aber umso mehr, wenn ich dann feststelle, dass du viel, viel cooler, lässiger und viel verrückter bist als ich und der eigentlich bessere Mensch von uns beiden bist. Dass du der viel größere Chaot von uns beiden bist. Ich liebe es, dass du noch weniger Tassen im Schrank hast als ich. Ich liebe es, wenn du mich unter der Woche nachts um halb 3 anrufst, nur um mir mitteilen zu wollen, wie irre es am Ballermann ist. Ich liebe es, wenn du mir sagst, wie brav ich beim Schlafen aussehe und weißt, dass ich es nicht bin. Ich liebe es, wenn du mich mit deinen dämlichen Fragen zum Nachdenken bringst. Ich liebe es, wenn du lachst, wenn du mich mit deinem Getratze auf die Palme bringst. Ich liebe es, dass *„Du mi a!"* / *„Hob mi gern!"* / *„Leck mich am Arsch!"* zu unserer Alltagssprache gehört! Ich liebe es, dass wir zwei niemals einer Meinung sein werden. Ich liebe es, wenn du mir ungefragt Ratschläge gibst und du weißt, dass ich gar nicht zuhör oder innerlich die Augen verdrehe. Ich liebe es, dass du meine Texte sowieso nicht liest und wenn doch, sie sowieso total blöd findest. Nun zum Geheimnis starker Frauen...ich verrat euch was: In starke Frauen wird man nie so ganz hinein schauen können, weil sie nicht mehr fähig sind, es zuzulassen. Zu mühsam war es, die Mauer aufzubauen. Zu viel Mut, zu viel Tränen, zu viel Nerven, zu viel Kraft hat es gekostet. Diese starken Frauen, die, die nichts umhauen kann. Die, die jeden Sturm überstehen: Das sind die Frauen, die die größte Zuwendung brauchen. Zugeben würden wir es aber niemals!!!

Eine Löwin braucht einen Löwen. Vor allem dann, wenn die Maske zu fallen beginnt.

Die Maske, für die ein anderer verantwortlich ist. Der, der dich an deiner Großartigkeit zweifeln ließ. Also, an alle starken Frauen: Schmeißt euren Stolz endlich ins Eck, wenn er euch durchschaut hat und sagt: ich brauche dich! Ich schaff das nicht allein!!! Wenn ihr weiterhin stark sein wollt, bittesehr, dann werdet ihr aber irgendwann nicht mehr bereit sein, jemanden, der es verdient hat, an euch heranzulassen und hinter die Maske schauen zu lassen, geschweige denn, sie euch je abnehmen zu lassen! Zuviel Kummer habt ihr hinter dieser Maske versteckt. Jedes Wort werdet ihr auf die Goldwaage legen! Du wirst nur dann endlich wieder schwach und verlierst dich, wenn du deine Maske ablegst. Wenn du bereit bist, dich wieder auf etwas neues Wunderschönes einzulassen. Auf jemanden, der dich reparieren will und bereits vor dir gemerkt hat, dass ihm wohl gar nichts anderes übrig bleibt! Lasst diesen Menschen ganz in Euch hineinschauen! Lasst Euch Zeit dabei! Behaltet die Maske ruhig noch ein bisschen aus! Haltet sie fest! Sie war lange Teil von euch. Aber seid bereit und stark genug, euch endlich von ihr zu trennen! Legt sie selbst ab oder lasst sie euch abnehmen. Tag für Tag ein bisschen mehr. Lasst es zu!!! Schwäche zu zeigen ist das Stärkste, das du machen kannst!!! Liebe neue Männer: Vertraut mir! Es ist die Mühe wert! Auch wenn ihr Euch den ein oder anderen Wutausbruch von uns ertragen müsst. Wir starke Frauen, wir sind einfach wunderbar. Wir sind vielleicht etwas verrückt, aber hey: verrückt ist 1000x besser als langweilig und normal. Wir starke Frauen können nichts dafür!!! Glaubt mir!!!

Wir geben unser Bestes! Jeden Tag! Jede Minute! Eines Tages werden wir es Euch beweisen können, dass es die Mühe mit uns wert war. Liebe neue Männer: wenn eine starke Frau dir von ihrem Tag erzählt und jammert und dir von ihren überheblichen Träumen erzählt und dir ihr Herz auf den Tisch legt, dann kannst du dich verdammt nochmal mehr als glücklich schätzen!!! Das macht eine starke Frau eigentlich sehr ungern und nur bei Menschen, die bereits fest in ihrem Herzen sind. Denn eine starke Frau feiert ihre größten Erfolge am liebsten alleine oder erstickt lieber an ihrem Kummer, bevor sie wen damit belasten würde. Also: Wenn eine Frau bei dir jammert und sich bei dir auskotzt, dann darfst du dich zu den glücklichsten Menschen dieser Welt zählen, denn: Sie müssen das Gefühl haben, dass auch und gerade sie sich ausruhen können. Am besten in den Armen eines Mannes.

Am liebsten tue ich das in Deinen.

Ich liebe es, dass du mein Ruhepol bist.

Und ich liebe es, wie ich bin,
wenn ich bei dir bin!“

Dein Einhorn.

Deine Verrückte.

P.S.: Weißt du, was ich am
allermeisten liebe:
Wenn ich meinen Kaffee auf deinem
Fußboden im Gang trinke.

Und wenn du zuhause bist,
deine Cappy verkehrt
herum aufsetzt und
am Ende des Tages endlich
DEINE Maske fällt...

Echt jetzt?!?

Ja, echt jetzt!!!

Und falls sich jetzt jemand fragt,
wer zur Hölle dieser Indianer
mit der Schuhcreme im Gesicht
schon wieder ist...

...Fortsetzung folgt...

ECHT JETZT?!?

Ja,

ECHT JETZT!

Danksagung

DANKE, Achim!

Für Deine Zeit.
Das Wertvollste, das ein Mensch
einem anderen Menschen
schenken kann.

Für Alles.

Und noch mehr.

Deine Sabrina

...lange habe ich nach den „passenden" Abschlussworten für die letzten Zeilen meines Buches gesucht.

Heute, am 17. Dezember 2018, finde ich sie.
Heute hat meine Beffi Geburtstag.
Ich kam zu ihr, setzte mich an den Tisch, nahm einen Schluck vom Geburtstagssekt, fing an, zu weinen, stand auf und ging.
In diesem Moment wurde mir bewusst,
wie kurz das Leben ist.
Heute hat meine Oma Hochzeitstag mit Opa, der leider viel zu früh von uns gehen musste. Den ich leider nicht mehr kennenlernen durfte. Aber ich hatte das Glück, meine liebe beste Freundin, deinen Papa kennengelernt haben zu dürfen.

Heute Nacht musstet ihr ihn auf seine letzte Reise gehen lassen.

Es tat mir so weh, Euch nicht trösten zu können. Ich hoffe, folgende letzte Zeilen können ein wenig ausdrücken, wie sehr ich mit Euch fühle.

Wir alle wussten, dass dieser Tag kommen wird und doch traf es uns unerwartet.
Und erschüttert uns bis tief ins Mark.
Begreifen kann man es nicht.
Unser Herz wird niemals so sein wie zuvor.
Etwas fehlt.
Ich höre seine Stimme und höre sein Lachen.
Doch ein solcher Tag haucht uns gleichzeitig neues Leben ein, denn es zeigt uns wieder, wie wertvoll das Leben ist.
Und man nichts auf später verschieben soll.
Mir geht es jedenfalls so.
Zwei Tage später war ich mit meinem Papa in München und der ganze Viktualienmarkt war voller Tauben. Wir redeten viel über ihn.
Mein Papa war mit ihm das ganze Leben

befreundet.

Ein paar Tage später, an Weihnachten, saß ich da. Vor einem ungeschmückten Baum, uneingepackter Geschenke, ungeschriebener Karten. Dann habe ich das Chaos Chaos sein lassen, habe mich hingesetzt mit Kaffee, habe Kerzen angezündet, ein Bild von deinem Papa angeschaut und mir gedacht: Das Leben ist so kurz. Man darf nichts auf später verschieben! Es gibt kein irgendwann. Es gibt nur ein Hier und ein Jetzt. So viele Menschen nutzen ihr Leben gar nicht. Aber dein Papa hat es getan. Wenn ich da an seine Alaska-Reise denke. Nichts und niemand konnte ihm das ausreden und das war auch gut so. Er hat so viel erlebt. Er hat gelebt und sein Leben ausgekostet.

Unglaublich, aber wahr: Heute, als ich mich in mein Auto setzte, saß dein Papa in Gedanken neben mir. Denn, als die Musik begann, spielte mein Handy, das die Lieder nach dem Zufallsprinzip abspielt, folgendes ab: sein Lieblingslied, das ich Wochen und Monate nicht mehr im Auto gehört habe. Er war ganz nah bei mir in diesem Moment. Ich musste weinen und lachen gleichzeitig.

Weinen musste ich vor Glück, denn: Mein Schutzengel von damals im Auto, der für mich eine Entscheidung getroffen hat und dafür verantwortlich ist, dass ich heute noch lebe, da bin ich mir sicher, dass das meine Tante war! Und so weiß ich, dass meine Tante bestimmt schon da oben auf ihn wartet und sie ihm erklären wird, was ein Schutzengel so zu tun hat.

Und weil meine Tante der beste Schutzengel ist, den es gibt, wird dein Papa genauso gut werden und stets auf Euch achten!

Bestimmt warten da oben auch schon deine *„Stadtoma“* und dein Opa auf deinen Papa.

Dein Opa wird bestimmt schon mit Nero parat

stehen! Oder mit Fließen für den nächsten Boden da oben. Deine Oma hält bestimmt den passenden Oktoberfestkrug für sein erstes Getränk in der Hand. Deine Oma fragt ihn bestimmt zuerst, ob sie den *„Stadtopa"* mal wieder irgendwo im Auto hinten vergessen haben.

Und meine Tante begrüßt ihn bestimmt mit seinem Lieblingsgetränk (nur das Original natürlich!!!).

Und einer Portion Spaghetti Bolognese, eh klar!!!

Du wirst sehen, es wird ihm da, wo er jetzt ist, an nichts fehlen, glaube mir!

Auch wenn du ihn nicht mehr sehen kannst, er ist immer bei dir!

Er hat nur die Räume gewechselt!

Es geht ihm nun gut, da, wo er jetzt ist! Er ist frei! Er wird nun fliegen und seine Tauben werden Ihn dabei begleiten. Ob die Maus aus dem Taubenstall auch dabei ist, wage ich allerdings, zu bezweifeln.

Bestimmt haben sie sich da oben alle köstlich amüsiert, als ihr am 1. Weihnachtsfeiertag „Die Katastrophe mit der Ente“ gespielt habt.

Ich höre uns an eurem Esstisch heute noch lachen, als deine Mama ihr Englisch ausgepackt hat *„under the table!!!“* oder als sie von ihren Erlebnissen bei den Theateraufführungen erzählt hat. Oh mei, bestimmt tut der armen Ziege heute noch die Birne weh!

Ich sehe uns heute noch in Caorle beim *„Finger“ / „Pfeife“*. Wo auch immer.

Oder am Gardasee. Mit den „kleinen“ Olivenästchen und Zitronenbäumchen,
die ins Auto mussten. Unsere Busfahrt von der Innenstadt zurück ins Hotel werde ich nie vergessen. *„I glab, mir werd's schlecht!“*.

Ich werde nie vergessen, wie er deine Tochter angesehen hat.

Ich sehe ihn heute noch mit uns zusammen sitzen und höre ihn lachen.

Ach, ich trage ALLES immer in meinem Herzen!
Ich werde stets an die glücklichen Stunden
mit ihm zurückdenken.

Ich bin Deinem Papa von Herzen
für eines besonders dankbar.
Dass er uns beiden, zusammen mit deiner
Mama und meinen Eltern,
den wahren Wert der Freundschaft beigebracht
hat.
Und dass er mir Dich
geschenkt hat im Leben.

Seine Tochter,

die zu meiner besten Freundin wurde!

Echt jetzt?!?

Ja, echt jetzt!

Deine *Bruni*

...und ich singe nun in Gedanken für Dich:

„heeeeeeey, heeyyyyyyyy, heeeeyyyyyyyy, hey hey,

heeeeeeeyyyyyyy heeeeeyyyyyyyyyyyyyyyyyyy,

hey.................“

DANKE, dass es DICH gibt!

39417804R00195

Printed in Poland
by Amazon Fulfillment
Poland Sp. z o.o., Wrocław